「ふ、ふざけるな!!
〈錬金術師〉は戦闘では役に立たない
最弱のジョブではないか!!」
確かに、世間ではそういう評価ではあるな。
「だが、父さん、俺は〈錬金術師〉でも
強くなれる自信はあるんだが」
「寝言は寝てから言え!!
そんなクソみたいなジョブでどうやって強くなるんだ!!」
ユレン
＜錬金術師＞となったために
伯爵家を勘当される。
エルンスト・メルカデル
メルカデル伯爵家当主。
＜剣聖＞のジョブを持つ。

フィーニャ
銀妖狐《ブラタックス》の少女。
ユレンを気に入り
ついてまわることに
ジョナス
実力のある冒険者。
ユレンに目をかけている。

「なにが、起きているんだ……？」

「強いじゃろう。わらわの主は」

「あれは、何者なんだ……？」

「ジョブは〈錬金術師〉だと言っておったなぁ」

「それは知っている……」

「おぉ、そうか、知っておったか」

「イマノル、次こそは俺を殺すような攻撃をして来いよ」

「言われなくても、そのつもりだ！」

「そうか。失望だけはさせるなよ」

イマノル・メルカデル
ユレンの弟で、勘当された兄をバカにしていたが――。

レベル1で挑む縛りプレイ！
level 1 de idomu shibari play!
北川ニキタ
NIKITA KITAGAWA
illustration
刀 彼方
Canata Katana

CONTENTS

口絵・本文イラスト：刀　彼方　デザイン／寺田鷹樹（GROFAL）

プロローグ

子供の頃、俺はある『ゲーム』にハマった。

タイトルは『ファンタジア・ヒストリア』。

その『ゲーム』では好きなジョブを選び、モンスターを倒すとレベルが上がり、手に入れたSP《スキルポイント》を割り振ることで新しいスキルを手に入れることができる。

そうやって、自分のキャラクターを強化していき、さらに強いモンスターへ挑んでいく。

『ファンタジア・ヒストリア』は非常に戦略が奥深く、モンスターごとにとるべき戦略が変わっていく。ゆえに、俺は強いモンスターを相手に試行錯誤を重ねながら遊んでいた。


だが、遊んでいくうちに、『ゲーム』に対して、つまらないな、という感情が芽生えてきた。

初期の頃は、あんなに楽しかったのに、なぜだ？

原因は、自分のキャラクターが強くなりすぎてしまったせいだった。

レベルが一定以上を超えてしまうと、どんな強いモンスターでも簡単に倒せてしまう。そこには、戦術も戦略も介入すべき余地はない。

なにも考えずに、剣を握ってモンスター相手に振るっていれば、気がつけば倒せてしまう。

そこには、倒せるか倒せないかわからないドキドキ感もなければ、どうやって倒そうか試行錯誤していたときのわくわく感もなかった。

これでは、やっていることはただの単純作業と同じだ。

そこで俺は、キャラクターを一から作り直すことにした。

また、レベル1から始めれば、初期の頃のわくわく感を思い出すことができるはず。

そう考えたわけだ。

それから、俺は強くなったら、また新しいキャラとジョブを選んでレベル1からやり直すといったことを何度か繰り返していった。

そんなある日、また新しいキャラでやり直そうとして、次はなんのジョブを選ぶか悩んだ末に、今度は弱いジョブだと認識されている〈錬金術師〉を選ぶことにした。

今まで遊んだ〈剣聖〉や〈魔導師〉などよりも、あえて弱いとされているジョブのほうがやり応えがあると思ったわけだ。

だが、〈錬金術師〉もレベルの低い序盤は楽しかったが、レベルが上がっていくうちに、つまらなくなってしまった。

てか、レベルの高い〈錬金術師〉は単純な攻撃力では〈剣聖〉や〈魔導師〉より劣るものの、手数の多さは群を抜いており、総合力を比べたら、〈錬金術師〉が一番強いジョブな気がする。

ともかく、簡単にモンスターを倒せてしまうので、この『ファンタジア・ヒストリア』もやめどきかな、と思っていた最中——。

◁◁◁◁◁◁◁◁◁◁◁◁◁◁◁◁◁◁◁
〈呪いの腕輪〉
この腕輪をつけると、プレイヤーは強制的にレベル1になる。
▷▷▷▷▷▷▷▷▷▷▷▷▷▷▷▷▷▷▷

というアイテムを見つけてしまった。

このアイテムは〈錬金術師〉の固有スキル〈加工〉によって入手可能なアイテムで、身につけるとどんなに高いレベルのキャラでも強制的にレベル1になってしまうというもの。

当然、ステータスもレベル1相応の数値に下がってしまう。

この、一見使い道のわからないアイテムは、まさに、俺のような者のために存在するアイテムだと、このとき歓喜した。

早速、俺は〈加工〉を使用して〈呪いの腕輪〉を入手し、身につける。

そして、レベル1になった状態で、強敵モンスターに挑むという、『縛りプレイ』を始めた。

これこそ、俺が『ゲーム』に求めていたものだ。

レベル1の状態でモンスターに挑むと、あっさりやられかねないので、常に緊張感がつきまとう。

この緊張感が心地よい。

そしてレベル1では、あらゆる戦略を練らないとモンスターを倒すことができない。この試行錯誤しているときが、一番楽しいのだ。

このとき俺は『縛りプレイ』の快感を覚えたのだった。

◆

この世界に生まれたとき、前世で遊んだゲーム『ファンタジア・ヒストリア』と一緒の世界であることに気がつくのに、そう時間がかからなかった。

であれば、この世界も『ゲーム』同様『縛りプレイ』で遊ぼう。

そのために必要な準備はすでに済ませてある。

「それではこの石板に手を当ててください」

家にやってきた神官がそう口にした。

ステータスの儀。十五歳になったら、必ず行われるこの儀式はそう呼ばれている。

ステータスは神によりもたらされる加護とされている。

『ゲーム』では好きなジョブを選ぶことができたが、この世界ではそうではない。

「ユレン、お前なら素晴らしいジョブを手にできると信じているぞ」

父親が俺のことをそう激励する。

ちなみに、ユレンというのは俺の名前だ。名字も含めると、ユレン・メルカデル。メルカデル伯爵の長男坊。

だから、父親は俺に期待している。

素晴らしいジョブを手に入れて、この伯爵家の跡取りになってほしいのだろう。

どんなステータスが手に入るかは全くのランダムというわけではない。

これまでしてきた修練が大きく反映されるとされ、つまり、がんばればがんばるほど、強いとされるジョブに就ける可能性が高くなる。

あとは、その人の性格やこれまでの人生、家系なんかも影響するらしい。

それに、こんなジョブに就きたい、という希望も反映されるらしい。

父さんは俺に〈剣聖〉や〈魔導師〉といった強いジョブを希望するんだろうな。

だが、俺としては『縛りプレイ』をするためにも『ゲーム』で最も思い入れのある〈錬金術師〉一択だ。

まぁ、父さんは俺が〈錬金術師〉なんかになったら激昂《げきこう》するだろうがな。

とはいえ父親のことなんてどうでもいいし、俺は〈錬金術師〉を希望しながら、石板に手を置く。

すると、石板が一瞬光り、消え失せた。

「これでステータスの儀は完了です」

神官がそう伝える。

「そうか」と頷《うなず》きながら、俺はステータス画面を開いた。

◁◁◁◁◁◁◁◁◁◁◁◁◁◁◁◁◁◁

〈ユレン・メルカデル〉

ジョブ：錬金術師
レベル：１
ＨＰ：１００
ＭＰ：１００
攻撃力：45
防御力：55
魔法力：１２０

スキル：〈加工ＬＶ１〉

▷▷▷▷▷▷▷▷▷▷▷▷▷▷▷▷▷▷

「おっ」
やった、と内心思いながら、俺はそう口にした。

どうやら神様は俺の願いを叶《かな》えてくれたらしい。

「ど、どういうことだ……？」

しかし、そう思っているのは俺だけのようだ。

父親はこめかみをピクピクと動かしながら、顔を真っ赤にしていた。

「ふ、ふざけるな‼　〈錬金術師〉は戦闘では役に立たない最弱のジョブではないか‼」

確かに、世間ではそういう評価ではあるな。

「だが、父さん、俺は〈錬金術師〉でも強くなれる自信はあるんだが」

「寝言は寝てから言え‼　そんなクソみたいなジョブでどうやって強くなるんだ‼」

そう言いながら、父さんは俺に殴りかかる。

ひょい。意外と簡単によけることができた。

父さんも〈剣聖〉という強いジョブだったはずだが。まぁ、自主的にやってきた訓練のおかげかもしれないな。

「ふざけやがって‼　貴様に期待した俺が馬鹿じゃったわい‼」

父さんは俺がよけたことが余計気に入らなかったのか、さらに顔を真っ赤に染めながら、そう怒鳴る。

「あの……そろそろ僕も儀式をやりたいのですが」

そう口を挟んだのは俺にとって異母兄弟にあたるイマノルだ。

俺と父さんのやりとりを見たせいか不安そうな顔をしている。

「イマノル、お前はせめてこいつよりはマシなジョブを手に入れてくれ」

イマノルは第二夫人との間に生まれた子供で、俺は正妻との間に生まれた子供だ。

だから、父さんはイマノルより俺に期待してたんだろうが、こうなってしまえばイマノルに期待するほかないだろう。

もっとも、勉学や武術に関してはイマノルより俺のほうが優れているがな。

とはいえ、俺みたいに〈錬金術師〉を希望しなければ、イマノルなら世間的には優れたジョブを手に入れることができるだろう。

「や、やりましたー！」

ふと、イマノルが歓喜の声をあげる。

「僕、〈剣聖〉でした!!」

「おぉ!!　でかしたぞイマノル!!」

剣聖という単語に父さんも歓喜する。

「ははっ、これで僕のほうが優れているってことが証明できたね、兄さん」

ニヘラと笑いながらそう言う。

イマノルは俺に対して劣等感を抱いていたようだからな。今回、俺に勝ててさぞ嬉《うれ》しいのだろう。

まぁ、俺自身は負けたと思っていないけど。

「よしっ、イマノル。お前こそ、このメルカデル伯爵家の次期当主に相応しい！　だから、お前が俺と正妻の子供だったことにしよう！」

「はい、ありがとうございます！」

イマノルと父さんがお互い喜びながら抱擁していた。

ふむ、つまり俺は次期当主ではなくなったと。

「そして、ユレン。お前はもうこの家の人間ではない!!〈錬金術師〉がこの家から出たとなれば、恥でしかないからな。今すぐ、この屋敷から退去せよ」

「――は？」

俺は呆然《ぼうぜん》としていた。

跡継ぎから外されたこと自体はそう気にはならなかったが、まさか家から追い出されるとはな。

どんだけ〈錬金術師〉になった俺が憎いんだ。

「それと、外ではメルカデル家の者と名乗るでないぞ！」

という言葉と共に、家の外に追い出された。

「ふっ、これもまた『縛りプレイ』か」

勘当された俺は、そう言って笑みを浮かべていた。

これも家を追い出された状態で『ゲーム』を始めるという『縛りプレイ』と考えたら、そう悪くないような気がしてくるから不思議だ。

一応、最低限の道具や金銭を持ち出すことはできた。心許《こころもと》ないが、気分はそう悪くない。

「冷静に考えたら、こうして家を追い出されたのは正解だったかもしれないな」

俺はこの世界を『ゲーム』と同じように攻略しようと考えていた。

そう考えたとき、貴族としての立場がどうしても邪魔をする。だから、こうして追い出されたのも悪くなかったかもしれない。

「では、早速ではあるが、アレを用意しよう」

アレとはなにか？〈呪いの腕輪〉のことだ。

『縛りプレイ』をするのに、必須となるアイテムだ。

ちなみに——。

「〈呪いの腕輪〉の素材である〈呪われた鉱石〉はすでに調達済みなんだよなー」

ステータスが手に入ったら、すぐに〈呪いの腕輪〉が作れるように、あらかじめ〈呪われた鉱石〉を調達していた。

〈呪われた鉱石〉はアンデッド系のモンスターが生息する洞窟で手に入るらしいが、今の状態では、まだ攻略するのは難しい。

だから、あらかじめ貴族としてのツテを頼って入手しておいたのだ。

それにしても、『ゲーム』をしていなければ、〈呪いの腕輪〉の存在すら知ることはなかったんだよな。

この世界では、〈錬金術師〉というジョブは、どんな素材でなにができるのか自分で確かめる必要がある。

だけど、『ゲーム』では、ある程度、どんな素材でどんなアイテムが作れるのか、教えてくれた。

『ゲーム』と同じ世界に生まれてきてよかったな、と今更ながら思う。

「十個もあれば一つは成功するはずだ」

〈加工〉のスキルは、必ず成功するわけではない。そして、レベル1の段階では失敗する確率のほうが高い。

だから、失敗することを前提に〈呪われた鉱石〉を十個、用意しておいたのだ。

◁◁◁◁◁◁◁◁◁◁◁◁◁◁◁◁

〈加工〉に成功しました。

〈呪いの腕輪〉を入手しました。

▷▷▷▷▷▷▷▷▷▷▷▷▷▷▷▷

そして、七回目の〈加工〉でついに成功を収めた。

「よしっ!」

心の中でガッツポーズをする。

その上で、早速〈呪いの腕輪〉を腕に身につける。

どうだろ？　レベルは1に固定されたのだろうか？　元々レベル1のため、実際に効果が発揮されているか確認しようがない。

そのうち、モンスターを倒して経験値を手に入れたならば、確かめることができるに違いない。

「さて、まずは、必要なスキルを手に入れるため、モンスターを倒す必要があるな」

俺はこの世界でも『ゲーム』のときのように、『縛りプレイ』をして遊ぶつもりだ。

とはいえ、無謀な戦いをするつもりはない。

『縛りプレイ』というのは、如何《いか》に準備段階で有利な状況を作り出せるか、ということにかかっている。

だから、スキルを手に入れないことには話にならない。

そして、スキルを手に入れるにはＳＰを稼ぐ必要がある。

「まずは腕慣らしのつもりで、子鬼《ゴブリン》を狩るか」

子鬼《ゴブリン》というと、モンスターの中では最弱とされている。

実を言うと、子鬼《ゴブリン》なら、ジョブをまだ入手していない頃から散々狩っていた。

本来ならジョブを手に入れるまでは、モンスターを狩ることは禁止されているが、我慢できなかった俺は訓練もかねて、屋敷の外に出ては子鬼《ゴブリン》をよく狩っていたのだ。

なので、子鬼《ゴブリン》を狩るのは余裕ではあるわけだが、ステータスを手に入れてまだ初日なわけだし、まずは子鬼《ゴブリン》で肩慣らしをしよう。

ステータスがなかった頃、俺がどうやって子鬼《ゴブリン》を狩っていたのか。

答えば、ある戦法をひたすら繰り返していた。

その戦法は、潜伏からの不意打ちである。

草木の中にひたすら潜み、子鬼《ゴブリン》が近づいてきたら、ナイフで急所を刺すことで音もなく殺す。

この戦法なら、比較的安全に子鬼《ゴブリン》を狩ることができる。

ジョブを手に入れた今もレベル1で、しかもナイフぐらいしか武器がないという、圧倒的準備不足な段階なので、俺はこの方法を用いて子鬼《ゴブリン》を確実に狩っていく。

そして、三十体ほど倒した段階で――。

◁◁◁◁◁◁◁◁◁◁◁◁◁◁◁◁◁
経験値を獲得しました。
レベル上昇に伴う経験値を獲得しましたが、〈呪いの腕輪〉の影響で、レベル1に固定されました。
ＳＰを獲得しました。
▷▷▷▷▷▷▷▷▷▷▷▷▷▷▷▷▷

というメッセージウィンドウが表示された。

どうやら、〈呪いの腕輪〉の効果はちゃんと発揮されているらしい。

試しに、〈呪いの腕輪〉を外してみる。

◁◁◁◁◁◁◁◁◁◁◁◁◁◁◁◁◁◁◁◁

〈呪いの腕輪〉が解除されました。

経験値が反映されました。

レベルが上がりました。

▷▷▷▷▷▷▷▷▷▷▷▷▷▷▷▷▷▷▷▷

というメッセージウィンドウが表示された。

〈呪いの腕輪〉の装着中に獲得した経験値はなくなるわけではない。ちゃんとストックされて、外したときに、こうして効果を発揮するようになっている。

ちなみに、経験値というのは、倒したモンスターのレベルが自分より高ければ高いほど、獲得量は増えるわけだが、〈呪いの腕輪〉装着時は、本来のレベルではなくレベル１の冒険者が倒したと判断されるため、通常時よりももらえる経験値が圧倒的に増えるわけだ。

ちなみに、ＳＰについても同様の理論で倍増する。

だから、〈呪いの腕輪〉にはレベル上げがはかどるというメリットがあるわけだが、どんなモンスター相手にも〈呪いの腕輪〉を装着するつもりでいる俺にとっては、あんまり関係ない。

◁◁◁◁◁◁◁◁◁◁◁◁◁◁◁◁◁◁◁◁
〈ユレン・メルカデル〉

ジョブ：錬金術師
レベル：１↓２
ＨＰ：１００↓１０１
ＭＰ：１００↓１０１
攻撃力：45↓46
防御力：55↓56
魔法力：１２０↓１２２

スキル：〈加工ＬＶ１〉

ＳＰ：１
▷▷▷▷▷▷▷▷▷▷▷▷▷▷▷▷▷▷▷▷

一応、自分の今のステータスを確認している。
ちゃんとレベル２になっているし、全体の数値も上昇しているな。

その上で、〈呪いの腕輪〉を装着した。

◁◁◁◁◁◁◁◁◁◁◁◁◁◁◁◁◁◁◁◁◁◁◁◁◁

〈ユレン・メルカデル〉

ジョブ：錬金術師
レベル：1
HP：100
MP：100
攻撃力：45
防御力：55
魔法力：120

スキル：〈加工LV1〉

SP：1

▷▷▷▷▷▷▷▷▷▷▷▷▷▷▷▷▷▷▷▷▷▷▷▷▷

うん、ちゃんとレベル1のときのステータスに戻っている。

これで〈呪いの腕輪〉の効果がちゃんと発動しているのが判明した。


さて、SPを入手したことだし、早速、消費しようと決意する。

すでに、入手するスキルは決めてある。

「確か、こうしてと――」

口にしながら、ステータス画面を指でいじる。この先に〈錬金術師〉のジョブスキルが獲得できるページがあったはず。

あった、これだ。

◁◁◁◁◁◁◁◁◁◁◁◁◁◁◁
SP1を消費して〈鑑定LV1〉を獲得しました。
▷▷▷▷▷▷▷▷▷▷▷▷▷▷▷

〈鑑定〉は他のジョブでも手に入らないことはないが、〈錬金術師〉だと比較的少ないSPで獲得やレベル上げができるスキルだ。

そして、〈錬金術師〉なら必ず入手しておく必要があるスキルの一つだ。

◁◁◁◁◁◁◁◁◁◁◁◁◁◁◁◁◁◁◁
〈鑑定ＬＶ１〉
モンスターと冒険者の情報の一部を鑑定することができます。
▷▷▷▷▷▷▷▷▷▷▷▷▷▷▷▷▷▷▷

このようにレベル１の段階だと、モンスターと冒険者の一部しか〈鑑定〉できないが、レベルを上げていけば、植物やアイテムなんかも〈鑑定〉できるようになる。

今は、モンスターの〈鑑定〉を重要視しているため、このスキルを急いでレベル上げするつもりはない。余裕ができたら、レベルを上げていく感じでいいだろう。


さて、これで必要最低限のスキルを手に入れることができた。

俺は『縛りプレイ』が好きだが、決して死にたいわけではない。死ぬのは普通に嫌だ。

『ゲーム』では死んでもやり直しができたが、現実では死んだら終わりだ。

だから、レベル１でもモンスターに勝てるように入念な準備を行う。

それが俺のやり方だ。

「あった」

子鬼《ゴブリン》が生息しているのは、鉱山の一角。ここで、俺はある物を採取していた。

子鬼《ゴブリン》を狩ったのは、ＳＰ入手という側面もあったが、安全に採取をするためという目的もあった。

重要なのは、どちらかというと後者のほうか。

採取したのは〈灼熱岩《しゃくねつ》〉。

その名の通り、中に熱がこもっている岩で、火を起こすのに使われている。

この〈灼熱岩〉を俺は慎重に袋につめられるだけ、つめていく。

そして、もう一つ。俺はある物を探しに、今度は森に入っていった。

「これがそうだな」

手にしたのは〈固い実〉。

名前の通り、固い殻に覆われている実だ。木に生っているため、そこから採取する。

〈灼熱岩〉と〈固い実〉で材料は揃《そろ》った。

この二つに対して、俺のスキル〈加工〉を用いる。

『ゲーム』では成功する確率はそれなりに高かったので、恐らく問題ないと思うが……。

◁◁◁◁◁◁◁◁◁◁◁◁◁◁◁◁◁◁◁
〈加工〉に成功しました。
〈手投げ爆弾〉を入手しました。
▷▷▷▷▷▷▷▷▷▷▷▷▷▷▷▷▷▷▷

よしっ、成功した。

〈手投げ爆弾〉とは、爆弾系統の武器で、安全ピンを外して対象に投げれば爆発する代物だ。

これからレベル1で戦う俺には、この〈手投げ爆弾〉がメインウェポンとなるだろう。

レベル1だと、どうしても攻撃力が低いため、その人の攻撃力にダメージ量が依存する剣では、モンスターを倒すのが難しい。

しかし、爆弾は使い手の攻撃力に関係なく、一定のダメージを与えることができる武器だ。

それゆえに、俺のような縛りプレイヤーにとっては重宝する武器となるわけだ。

俺はこの〈手投げ爆弾〉を持てるだけ用意する。

「よしっ、これで次の段階に進める」

それじゃあ、新しい獲物を狩りに行こうか。

◆

「見つけた……！」

眼前にいるのは一体のモンスター。

◁◁◁◁◁◁◁◁◁◁◁◁◁◁◁◁◁◁◁◁

〈殺人角兎《ジャッカロープ》〉

LV：12

頭に角が生えたウサギ型モンスター。

非常に獰猛《どうもう》なことで知られている。
▷▷▷▷▷▷▷▷▷▷▷▷▷▷▷
殺人角兎《ジャッカロープ》を狙うのには理由がある。

まず、殺人角兎《ジャッカロープ》は非常に攻撃力が高く素早いモンスターとして有名だ。

反面、防御力が非常に貧弱。

「つまり、〈手投げ爆弾〉を当てるだけで倒せるってわけ!」

そう言って、俺は遠くから〈手投げ爆弾〉を殺人角兎《ジャッカロープ》めがけて放り投げる。

ドガンッ、と音が鳴り、殺人角兎《ジャッカロープ》が倒れる。

◁◁◁◁◁◁◁◁◁◁◁◁◁◁◁

経験値を獲得しました。

レベル上昇に伴う経験値を獲得しましたが、〈呪いの腕輪〉の影響で、レベル1に固定されました。

SPを獲得しました。
▷▷▷▷▷▷▷▷▷▷▷▷▷▷▷
よしっ、一体倒すだけでスキルポイントを獲得できた。

これは非常においしいな。


「そろそろ、いい頃合いだな」

数時間後、俺は殺人角兎《ジャッカロープ》を何十体も倒していた。

スキルポイントを確認すると、28ポイントも貯まっている。

これだけあれば、欲しいスキルが獲得できるな。

◁◁◁◁◁◁◁◁◁◁◁◁◁◁◁◁◁
SP28を消費して〈エイムアシストLV1〉を獲得しました。
▷▷▷▷▷▷▷▷▷▷▷▷▷▷▷▷▷

〈エイムアシスト〉は弓矢で遠くを狙うとき、命中率に補正がかかるというもの。

ジョブが〈弓使い〉なら初期から手にしているスキルだが、〈錬金術師〉でも28という高いスキルポイントを払えば獲得できる。

この〈エイムアシスト〉は次に狩るモンスター相手にとても役に立つ。

「それじゃあ、大物を狙おうか」

◆

「見ーつけたっ」

森林に潜伏して三時間、遠くに現れたモンスターを見て俺は歓喜の声をあげた。

そう、俺はあるモンスターを倒すために、ひたすら潜伏していたのだ。

◁◁◁◁◁◁◁◁◁◁◁◁◁◁◁◁◁◁◁
〈鎧ノ熊《バグベア》〉
ＬＶ：32
鎧《よろい》のような固い皮膚を持つ熊型のモンスター。鋭利に伸びた爪を使って攻撃する。
攻撃力、防御力、ともに高い。
▷▷▷▷▷▷▷▷▷▷▷▷▷▷▷▷▷▷▷

常識で考えれば、レベル32のモンスターはレベル１の俺が一人で相手をしていいモンスターではない。

とはいえ、『縛りプレイ』をしている俺にとっては相手モンスターのレベルなんて関係ないんだけどな。

「ゲームスタートだ」

そう言って、俺は鎧ノ熊《バグベア》の前に飛び出した。

まずは、ナイフを用いた初撃。

とはいえ、レベル1の俺の攻撃力なんてたかが知れているので、期待はしていない。

目的は相手を怒らせること。

攻撃を受けると大概のモンスターは怒って、攻撃してきた冒険者に襲いかかってくる。

その習性を利用させてもらう。

攻撃と同時、俺は鎧ノ熊《バグベア》から全力で距離をとるように動いた。

すると、狙い通り鎧ノ熊《バグベア》は俺に向かって一直線に襲いかかってくる。

よしっ、こっちに来い。

そう思いながら、俺は飛び跳ねた。

「残念。そこは落とし穴ですっ！」

振り返ると落とし穴に落ちた鎧ノ熊《バグベア》の姿が。

そう、俺は事前に落とし穴を作っておいたのだ。落とし穴に落ちるよう、ここまで誘導したってわけだ。

もちろん落とし穴に落として終わりではない。

ちゃんと、仕上げは用意してある。

「〈手投げ爆弾〉七連発――」

そう言って、俺はさきほど加工して手に入れた〈手投げ爆弾〉を穴に放り投げた。

同時に、耳をつんざくような爆発音が鳴り響く。

「さーて、死んだかなー、それとも、生きているかなー」

死んだなら、俺の準備が完璧だったということだから、それは大変良きことだ。

生きているなら、まだゲームを楽しめるってことだから、それはそれで最高だ。

「グゥゴォオオオオオオオオ!!」

落とし穴から雄叫びが聞こえてきた。

「あはっ！　残念、まだ生きていたか！」

なぜか、鎧ノ熊《バグベア》がまだ生きていたというのに、笑いが止まらない。

なぜだ？

あー、そうか、今この瞬間が最高に楽しいからだ！


俺は鎧ノ熊《バグベア》からできるかぎり距離をとりながら、用意していたあるものを手にする。

それは、弓矢。

弓矢は木と植物の繊維、それと鏃《やじり》となる鉄鉱石を〈加工〉することで入手可能だ。

こういう事態に備えて、準備しておいた。

鎧ノ熊《バグベア》は固い皮膚に覆われているため、体が重たく動きも鈍い。

だから、落とし穴から出てくるのに、多少時間がかかるはず。

その間に俺は弓矢を持ち、いつでも矢を放てるよう構える。

狙うは、鎧ノ熊《バグベア》の目。

モンスターの防御力は、部位ごとに補正値が存在する。

例えば、鎧ノ熊《バグベア》の場合、鎧のような固い皮膚に覆われている胸や肩はプラス補正がかかるため、非常に防御力が高い。

逆に、関節は柔らかい皮膚で覆われているため、マイナス補正され、防御力が低くなり、弱点となるわけだ。

だが、俺はレベル1で攻撃力はゴミのような数値。

鎧ノ熊《バグベア》にとっての弱点でさえ、俺の攻撃力ではまともにダメージを与えるのは難しい。

だが、弱点の中に、唯一俺でもダメージを与えられる箇所がある。

それが、目だ。

目に関しては、マイナス補正値があまりにも大きいため、防御力はほとんど役に立たない。

通常時に弓矢で目を狙っても、両手で払いのけられるのがオチだ。

だが、落とし穴から出てこようとするこの瞬間のみ、両手は穴からでるためにふさがっている。

そう、この瞬間だけ、目ががら空きなわけだ。

とはいえ、目なんていう小さな標的に、当てることは非常に難しい。だから、俺はさきほど〈エイムアシスト〉というスキルを手に入れた。

まぁ、〈エイムアシスト〉があったとしても、普通の冒険者なら目に当てるのは不可能だろう。

だが、俺には『ゲーム』で培った経験と、この瞬間のためにしてきた特訓がある。
一度でも外したら、警戒されるため、チャンスはこのタイミングのみ。
これを外したら、俺の命はないものだと思え。
「はぁー、はぁー、はぁー」
緊張感が全身を襲い、呼吸が荒くなる。
チャンスは一瞬。
しかも、目という小さな的に矢を当てる必要がある。
まさに、絶体絶命の状況といえるだろう。
「やばい……っ、さっきから、脳汁がとまらねぇ」
そうだ。
俺はこの瞬間のために生きているんだ。
『ゲーム』にハマっていた頃、簡単に勝てるようになるとすぐ飽きてしまった。
勝つか負けるかわからない、ギリギリの攻防がいつも楽しかったのだ。
だから、俺は『縛りプレイ』をするようになった。
そして、今、負けると自分の命がなくなるという最高にスリリングな瞬間に出会えた。
やっぱり『縛りプレイ』って最高っ！
「グァガァアアアアアアアアアアアア‼」
鎧ノ熊《バグベア》はひょっこりと穴から顔を出した。

今だ……！

この瞬間を狙って、俺は矢を放つ。

ザシュッ！　と矢が右目を潰した……！

当たった。

俺は『縛りプレイ』をするために、あらゆる準備をしてきた。それには、剣の特訓や弓矢の特訓も含まれる。

特訓が役に立った瞬間だろう。

「グギャァアアアアアアアアアア‼」

鎧ノ熊《バグベア》が痛みに耐えられず絶叫する。

「口の中ががら空きだぜ」

そう言って、俺はほいっと〈手投げ爆弾〉を鎧ノ熊《バグベア》の口の中にいれた。

ドガンッ！　と爆発音が響く。

◁◁◁◁◁◁◁◁◁◁◁◁◁◁◁◁◁◁
経験値を獲得しました。
レベル上昇に伴う経験値を獲得しましたが、〈呪いの腕輪〉の影響で、レベル1に固定されました。
SPを獲得しました。
▷▷▷▷▷▷▷▷▷▷▷▷▷▷▷▷▷▷

メッセージウィンドウが表示される。
このメッセージが表示されたということは、モンスターを倒したということだった。

◆

「さて、まずは獲得したＳＰの確認だな」
そう口にしながら、ステータスを表示する。

◁◁◁◁◁◁◁◁◁◁◁◁◁◁◁◁◁◁◁◁
〈ユレン・メルカデル〉

ジョブ：錬金術師
レベル：１
ＨＰ：１００
ＭＰ：１００
攻撃力：45
防御力：55
魔法力：１２０

スキル：〈加工ＬＶ１〉〈鑑定ＬＶ１〉〈エイムアシストＬＶ１〉

ＳＰ：27

▷▷▷▷▷▷▷▷▷▷▷▷▷▷▷▷▷▷

ふむ、ＳＰが27も貯まっている。

もし、〈呪いの腕輪〉をつけておらずレベルが固定されてなかったとしたら、レベルは30以上は上がっていただろう。

さて、この大量のＳＰをなにに使うかはすでに決めてある。

なので、即座にＳＰを消費する。

◁◁◁◁◁◁◁◁◁◁◁◁◁◁◁◁◁◁

ＳＰ25を消費して〈アイテムボックスＬＶ１〉を獲得しました。

▷▷▷▷▷▷▷▷▷▷▷▷▷▷▷▷▷▷

〈アイテムボックス〉はその名の通り、大量のアイテムを持ち運べるようになるスキルなわけだが、有用なスキルの代わりに25と獲得するのに大量のＳＰを必要とする。

なので、このスキルを持っているだけでも、パーティーに勧誘されるほどだ。

SPを25も貯《た》めるのは非常に難易度が高い。

SPはレベル上昇と共に獲得できるわけだが、俺のように自分よりもずっとレベルの高いモンスターを倒さないことには、レベルを一度にたくさん上げ、SPを大量に獲得するのが難しいからだ。

さて、あとSPは2ポイント残っているが、これはなにに使おうか。
とりあえず――。

◁◁◁◁◁◁◁◁◁◁◁◁◁◁◁◁◁◁◁
SP1を消費して〈調合LV1〉を獲得しました。
▷▷▷▷▷▷▷▷▷▷▷▷▷▷▷▷▷▷▷

〈調合〉は薬草を用いてポーションを作るためのスキルだ。〈錬金術師〉固有のスキルの一つ。

持っておいて損はないので、獲得しておく。

残りの1ポイントは次の機会に使用しよう。

「それじゃ、〈アイテムボックス〉も手に入れたことだし、早速鎧ノ熊《バグベア》の素材を回収しようか」

そう言って、俺は鎧ノ熊《バグベア》を素材に解体して、〈アイテムボックス〉に収納する。

鎧ノ熊《バグベア》は大きいモンスターだから、素材を持ち運ぶだけでも一苦労する。だから、〈アイテムボックス〉があるのは非常に助かる。

◆

倒した鎧ノ熊《バグベア》と子鬼《ゴブリン》の素材を回収した俺は、冒険者ギルドに向かっていた。

素材を換金するには、まず冒険者ギルドで冒険者登録をする必要がある。

というか、冒険者の登録を済ませてからモンスターを狩りに行くべきだったんだろうが、順序が逆になってしまったな。

「はい、なんのご用でしょうか？」

カウンターに向かうと受付嬢が応対してくれる。

「冒険者の登録をしたいんですが」

「はい、かしこまりました。それではこちらに必要事項を記入してください」

言われた通り、記入する。

名前、年齢、ジョブなどなど。家名は使ってはいけないと父親から厳命されているので、名字は空白にしておく。

「それでは登録を済ませるので少々お待ちください」

そう言って、受付嬢が奥に入っては待つこと数分。

「こちらがギルドカードになります。ギルドカードに関する説明は必要でしょうか？」

「一応、説明してもらえると助かります」

「はい、それでは説明致しますね。ギルドカードにはレベルが記入してあり、そのレベルに合わせてランクが変動します。レベル1からレベル9まではFランク、レベル10からレベル49はEランクといった感じです。レベルが上がるごとにギルドカードを更新しますので、その際には受付までお立ち寄りください」

なるほど、万年レベル1の俺にとっては関係のない話だな。

聞くだけ損だった。

「その、モンスターの素材の換金はどこでできるんですか？」

「あぁ、それでしたら、こちらの受付でも承りますよ」

「そうか。なら、これをお願いします」

そう言って、俺は〈アイテムボックス〉から鎧ノ熊《バグベア》と子鬼《ゴブリン》の素材を取り出す。

「え……っ、あれ？　あなたレベル1でしたよね⁉」

受付嬢は驚愕《きょうがく》した様子で俺のことを見る。

なるほど、確かにレベル1の俺がこれだけのモンスターの素材を換金するのはおかしいのかもな。

「すでに、満身創痍《まんしんそうい》の状態で遭遇したんだ。だから、俺の実力で倒したわけではない」

「あぁ、なるほど。そういうことでしたか……」

と、受付嬢は納得した様子で頷《うなず》く。

「でも、〈アイテムボックス〉なんて珍しいスキルを持っているんですね……」

「あぁ、これは、最初から持っていたんだ」

ごくまれに、大量のＳＰがないと獲得できないスキルを初期の状態で入手していることもある。

だから、そう言うとまたもや受付嬢は納得したご様子だ。

「なるほど、〈錬金術師〉というあまりに戦闘に向かないジョブでしたので、少し心配していたのですが〈アイテムボックス〉をお持ちなら、パーティー勧誘には困らないですし、これなら安心ですね」

と、受付嬢は朗らかな笑顔でそう言う。

パーティーか。ソロで活動するという『縛りプレイ』を課しているので、あいにくパーティーを組む予定はない。


ともかく、換金は無事に終わり、まとまったお金を入手することができた。

これで当面の生活はなんとかなりそうだ。

◆

翌日、宿屋で宿泊した俺は朝食を終えると冒険者ギルドに向かった。

「さて、どれを狩ろうかなぁ」

冒険者ギルドにて、俺はそう呟《つぶや》く。

見ていたのは、モンスターの討伐依頼書。

昨日の鎧ノ熊《バグベア》はあの辺りの森で目撃情報があることを俺が事前に知っていたから向かったわけだが、本来は冒険者ギルドで情報を集めてからモンスターの討伐に行くのが当たり前だ。

最低でも鎧ノ熊《バグベア》よりは強いモンスター。

それもレベル50は欲しいな。

「おい、お前新入りか？」

ふと、話しかけられる。

そこには無精ひげを生やしたおっさんの冒険者がいた。

「えぇ、まぁ、そうですけど」

確かに、冒険者としては新人なので頷く。

「そうか、やっぱりな。見ない顔だと思ったんだよ。ジョブはなんだ？」

「〈錬金術師〉です」

「〈錬金術師〉だとぉ？」

おっさんはしかめっ面をする。

「生産職か。悪いことは言わない。そのジョブは冒険者に向いてない。他の仕事をしたほうがいい」

世間一般で〈錬金術師〉がそういう評価なのは知っている。

もちろん、そんな忠告を真に受けるつもりはないが。

「わかりました。冒険者を諦めます」

とはいえ、俺は余計ないざこざは起こしたくないタイプだ。

テキトーにあしらうことにした。

なにせ、必要なモンスターの情報はすでに手に入れた。

ここにはもう用はない。

「そうか。悪かった、変なおせっかいを焼いて」

「いえ、俺は気にしてないです」

俺はそう口にして、冒険者ギルドを後にした。


冒険者ギルドを後にした俺は馬車に乗って、森へ移動した。

「ここから歩きでの移動になりますが……」

「いえ、ありがとうございます」

俺はそう言って馬車から降り立つ。

降り立ったそこは、プロフンド森林。この森林の奥地に、目的のモンスターがいるとのことだ。

「さて、まずは事前準備だ」

そう呟きながら、俺は森へ入っていった。


「見つけた……」

俺は森の茂みに身を隠しながら、町で購入しておいた双眼鏡を手に、そう口を動かす。

視線の先には、あるモンスターがいる。とはいえ、目的のモンスターではない。

◁◁◁◁◁◁◁◁◁◁◁◁◁◁◁◁
〈臭う獣《ゾリーヨ》〉
ＬＶ：５
敵が近づくと悪臭を放って逃げようとする、イタチに似たモンスター。
▷▷▷▷▷▷▷▷▷▷▷▷▷▷▷▷

このモンスターの素材から作れるアイテムが欲しいのだ。
だから、探していた。
臭う獣《ゾリーヨ》は敵に見つかると、悪臭を放ちながら逃げる習性がある。
だが、それは相手を強敵だと認識した場合だ。
俺のようなレベル１の冒険者には、躊躇《ちゅうちょ》なく襲いかかってくる。
そのことを俺は『ゲーム』で散々試したので、知っている。

まずは最初の一撃。
〈アイテムボックス〉から弓矢を取り出し、まだこちらに気がついていないのを利用して、確実に狙う。

ヒュン、と風を切る音がして、矢が当たる。

俺の攻撃力が低いせいで、ダメージは僅かしか与えることができない。

なので、この攻撃はきっかけでしかない。

矢が当たった臭う獣《ゾリーヨ》は敵の存在を認識、キョロキョロと周囲を見回す。

そして、俺の存在に気がつくと、こちらへと向かってきた。

「はぁ……はぁ……」

ヤバい、興奮してきたのか、呼吸が荒くなってきた。

モンスターのレベルが5とはいえ、俺はレベル1しかない。

攻撃を食らったら、ただでは済まない。

やっぱ、この緊張感はたまらないな。


臭う獣《ゾリーヨ》が飛びかかってきたのを俺はかわす。

このモンスターは最初の攻撃をかわされた場合、間髪容れずに襲いかかってくる傾向にある。

その際、敵の上半身を必ず狙う。

だから、俺は屈んだ。

さらに、真上にナイフを突き刺す。

すると、狙い通り、臭う獣《ゾリーヨ》はちょうどナイフに切り裂かれるように飛びかかってきた。

さらにトドメとばかりに、俺は〈手投げ爆弾〉を着地点に放り投げる。

爆発が臭う獣《ゾリーヨ》に襲いかかった。


◁◁◁◁◁◁◁◁◁◁◁◁◁◁◁◁◁◁◁◁◁◁

経験値を獲得しました。

レベル上昇に伴う経験値を獲得しましたが、〈呪いの腕輪〉の影響で、レベル1に固定されました。

SPを獲得しました。

▷▷▷▷▷▷▷▷▷▷▷▷▷▷▷▷▷▷▷▷▷▷

無事、臭う獣《ゾリーヨ》の討伐に成功した。

さて、今回の目的は臭う獣《ゾリーヨ》の素材で作るアイテムだ。

なので、解体して、〈肛門袋《こうもん》〉と呼ばれる素材を取り出す。

この素材とビンを対象に、スキル〈加工〉を発動させる。


◁◁◁◁◁◁◁◁◁◁◁◁◁◁◁◁◁◁◁◁◁◁

〈加工〉に成功しました。

〈悪臭液〉を入手しました。

▷▷▷▷▷▷▷▷▷▷▷▷▷▷▷▷▷▷▷▷▷▷

ビンに入った液体を入手する。

この液体がこれからあるモンスターを討伐するのに、必要なアイテムなわけだ。

◆

〈悪臭液〉は一つでは足りないため、それからも臭う獣《ゾリーヨ》の討伐に邁進《まいしん》した。

二十体ほど討伐したタイミングで夕方になったので、狩猟を終了し、野宿の準備をする。

通常、モンスターが潜む森の中で野宿するなんて考えられないことだが、ここで役に立つのが手に入れたばかりの〈悪臭液〉だ。

モンスターは人間よりも臭いに敏感。

だからこそ、〈悪臭液〉をほんの数滴周囲に垂らすだけで、人間にはその臭いがわからないが、モンスターにとっては刺激的なため、近づいてこなくなる。

なので、この〈悪臭液〉があれば、安全に夜を過ごせるというわけだ。


俺は〈アイテムボックス〉からキャンプ道具一式を取り出す。

それから、薪を集めて〈灼熱岩〉で火をおこす。

石でかまどを作って、その上に、鉄板を載せて狩ったばかりの臭う獣《ゾリーヨ》の肉を載せる。

味付けに塩と胡椒《こしょう》、それからさっき森で採取したハーブなんかを使えば、できあがり。

単純だけど、おいしいステーキだ。
一人だし、行儀なんか気にせずステーキにかぶりつく。
少し味付けがさっぱりしすぎかな？　けど、悪くない。
ジューシーな肉汁が口の中に広がりおいしい。
さて、夕飯が終わった頃には、もう夜を迎えていた。
だから、寝袋に入り、俺は寝ることにした。

◆

早朝。
起き上がると、俺は干し肉で軽くお腹を満たして準備にとりかかる。
これから狙うは大物だ。
気を引き締めないとな。
それから数時間、森を徘徊《はいかい》した。
「モンスターの糞《ふん》だな」
俺は糞を見て、足を止める。
形を見れば、その糞がどのモンスターが落としていったものか、ある程度わかる。

そして、この糞の形状は今日の標的が落としたものだ。

それにこれは、できたばかりのモンスターの足跡。

これはつまり、この近くに標的がいるってことだ。

「たぎってきたな」

そう呟きつつ、俺は作戦にとりかかった。

◆

「誘導がうまくいったようだなぁっ！」

森の茂みに隠れながら、俺はそう呟く。

作戦がうまくいったようなので、ニヤニヤがとまらない。

そう、目の前にはこれから俺が討伐する予定のモンスターがいる。

◁◁◁◁◁◁◁◁◁◁◁◁◁◁◁◁◁◁◁◁
〈大爪ノ狼《マンビブロボ》〉
ＬＶ：61
大きく成長した爪で、あらゆる敵を切り裂く。
発達した嗅覚を用いて、敵の位置を認識する。

▷▷▷▷▷▷▷▷▷▷▷▷▷▷▷▷▷▷▷▷

レベル61。大物だ。

どう考えても、レベル1の俺が相手していい獲物ではない。

だが、これからこのモンスターとやり合うんだと思うと興奮が鳴り止まない。

さぁ、狩りの時間だ。


まずは弓矢で、片目を潰す。

大爪ノ狼《マンビブロボ》は四足歩行なため、前脚で矢を防ぐことは難しい。

だから、確実に当てる。

ヒュン、と矢が飛び、目を直撃した。

いいねぇ、ついている。

「グォオオオオオオオオ！」

片目を潰された大爪ノ狼《マンビブロボ》は雄叫びをあげる。

大爪ノ狼《マンビブロボ》は獰猛なモンスターだ。すぐに怒りは頂点に達するはずだ。

だが、その場で暴れまわるばかりで、俺の存在を認識できていない。

いいねぇ、作戦はうまくいっているようだ。

大爪ノ狼《マンビブロボ》は嗅覚が非常に発達したモンスターだ。そのため、鼻を使って獲物の位置を認識する習性がある。

そこで、この〈悪臭液〉。

すでに、周囲一帯に大量の〈悪臭液〉を散布している。

正直、すげぇ臭い。

この臭いのせいで、大爪ノ狼《マンビプロボ》の鼻は使い物にならない。敵の位置がわからず混乱しているに違いない。

「だから、隙だらけってわけだ」

そう言いながら、俺は矢を放った。

狙うはもう片方の目。

グシャッ、と矢が目を突き刺す。

「グォオオオオオオオオオ！」

大爪ノ狼《マンビプロボ》は痛みでさらに、雄叫びをあげる。

そして、こっちに牙を向けた。

「きひひっ、どうやら俺の位置がバレちゃったようだなぁ！」

目は失っても大爪ノ狼《マンビプロボ》には鼻がある。

〈悪臭液〉で、ある程度鼻が利かないとはいえ、全く利かないわけではない。

なんとか俺の匂いをかぎ取り、敵を認識したようだ。

瞬間、俺のほうへと突進してくる。

大爪ノ狼《マンビプロボ》がその巨体を動かすだけで、土煙が舞い、地面は揺れる。

体にぶつかり吹き飛ばされるだけでも、即死は免れない。

絶体絶命。

「これだから、『縛りプレイ』はやめられないんだよなぁ‼」

俺にとって、ピンチこそ最高のディナーだ。

それからひたすら攻撃を躱《かわ》し続けた。

モンスターの攻撃をひたすら先読みし、それに合わせて体を動かす。

「やばぁっ、攻撃する隙が一切ないや‼」

攻撃なんてしようものなら、その隙にやられてしまう。

だから、ひたすら攻撃を避けることに集中する。

避ける、避ける、避ける、避ける、避ける、避ける、避ける、避ける、避ける、避ける、避ける、避ける――。

それを何回も繰り返して、そして――。

「ここだぁ！」

そう叫んだ俺は、崖から飛び降りた！

◆

そもそも、俺はこの地形で大爪ノ狼《マンビブロボ》と戦うために、わざわざ誘導したのだ。

どうやって誘導したのか？

その答えは〈悪臭液〉にある。

大爪ノ狼《マンビブロボ》は臭いに敏感なモンスターだ。

だから、〈悪臭液〉を巧みに扱って臭いに強弱をつけることで、目的の場所へと誘導することができる。


そして、ここには落ちたら死は免れない崖がある。

その崖に俺はわざわざ飛び込んだ。

なんのために？

大爪ノ狼《マンビブロボ》は両目を潰され、匂いに頼って俺を襲ってる。

すなわち、崖の存在に気がつかない――。


まさか、俺が崖に飛び込んだなんて想像もつかない大爪ノ狼《マンビブロボ》はなんの疑問も持たず、俺の後を追うように、崖に落ちるように突撃した。

この高さから落ちれば、たとえどんなモンスターだとしても、無事では済まない。

作戦は成功だが、それよりもまず、俺はこの真下に落ちている状態から逃れる必要がある。

もちろん、手は打ってある。

「おっと、こんなところにロープがあった」
とか言いつつ、垂れていたロープを握る。
ロープはあらかじめ木に縛りつけて、こうして崖に垂らしておいたのだ。
と、そのとき、ズドンッ！　という大きな音が鳴り響く。
下を見ると、大爪ノ狼《マンビブロボ》が地面に激突していた。
経験値の獲得を知らせるメッセージがやってこない。
即死とはいかなかったか。
まぁ、でもこれで、俺の勝ちは揺るがないものとなっただろう。

それから、俺は山を迂回《うかい》して、崖の真下へとたどり着いた。
そのときには、大爪ノ狼《マンビブロボ》は瀕死《ひんし》状態で倒れていた。
なので、ザックザックとナイフで急所を切り裂いていく。
そうしているうちに――。

◁◁◁◁◁◁◁◁◁◁◁◁◁◁
経験値を獲得しました。
レベル上昇に伴う経験値を獲得しましたが、〈呪いの腕輪〉の影響で、レベル１に固定されました。
ＳＰを獲得しました。

▷▷▷▷▷▷▷▷▷▷▷▷▷▷▷

というメッセージがやってくる。

ふぅ、やっと倒せたか。

ちなみにＳＰは今、どれだけあるんだ？

気になったので、ステータス画面を開く。

◁◁◁◁◁◁◁◁◁◁◁◁◁◁◁

ＳＰ：78

▷▷▷▷▷▷▷▷▷▷▷▷▷▷▷

「けっこう貯まってんなー」

大爪ノ狼《マンビブロボ》と臭う獣《ゾリーヨ》二十体以上を狩って手にしたＳＰだ。

「さて、なんのスキルを獲得しようか」

まぁ、『ゲーム』の知識があるので、次に入手するスキルはすでに決めているんだけど。

そんなわけでＳＰを消費して、スキルを獲得する。

◁◁◁◁◁◁◁◁◁◁◁◁◁◁◁

SP42を消費して〈アイテム切り替え〉を獲得しました。

▷▷▷▷▷▷▷▷▷▷▷▷▷

〈アイテム切り替え〉。

SPが42も必要と、入手難易度がめちゃくちゃ高いスキルの一つ。

その効果は手に持っている武器やアイテムを〈アイテムボックス〉にある他の物と一瞬で切り替えることができるというもの。

なにも持っていない状態から、〈アイテムボックス〉にあるアイテムを手の中に一瞬で持ってくることもできる。

そんなふうに〈アイテムボックス〉と連携して使うスキルのため、〈アイテム切り替え〉を入手するには〈アイテムボックス〉をすでに所持していないとダメだ。

一見地味なスキルではあるが、後々強いモンスターを倒すには、このスキルが必須だ。


なにも持っていない状態で「ナイフ」と口にする。

すると、左手にナイフが収まった。

今度は「〈灼熱岩〉」と口にすると、ナイフが消え〈灼熱岩〉が左手にやってくる。

ふむ、ちゃんと〈アイテム切り替え〉が有効になっているな。

ちなみに「収納」と口にすると、〈灼熱岩〉は消えて、左手にはなにも残らない状態になる。

〈アイテムボックス〉に〈灼熱岩〉が収納されたに違いない。

やっぱり、このスキルは便利だな。


さて、ＳＰはまだ36も余っている。

まずはＳＰを２消費して、〈鑑定〉をレベル１からレベル２に。これで、アイテムも〈鑑定〉できるようになった。

せっかくだし、さらにＳＰを４消費して、〈鑑定〉をレベル３に。これで、次は採取物も〈鑑定〉できるようになった。

次は、ＳＰを14消費して、〈加工〉をレベル１から一気にレベル４に上げる。

これで、〈加工〉の質が上がり、成功率の上昇や、まれに上級アイテムの加工に成功する可能性がでてきた。

それから〈調合〉もＳＰを14消費して、レベル１からレベル４に上げておく。

〈調合〉も〈加工〉同様、レベルが上がることで、成功率の上昇や、まれに上級ポーションの〈調合〉に成功する可能性がでてくる。


これで計34ポイント消費したので、残りのＳＰは２ポイントだ。

この２ポイントを無理に使う必要もないので、これは次の機会にとっておくことにした。

こんなわけで、俺はＳＰの割り振りを終えるのだった。

第二章

大爪ノ狼《マンビブロボ》の討伐を終えた俺は、素材を回収して、森を抜けることにした。

道中、ついでとばかりに薬草の採取も行う。

〈鑑定〉がレベル3になったおかげで、薬草の〈鑑定〉もできるようになったため、効率的に採取することが可能になった。

あとは、時間があるときに〈調合〉を用いて、〈ポーション〉でも作ってみよう。


それから馬車を乗り継いで、冒険者ギルドのある町まで戻った。

「あの、換金に来たんですけど」

「はい、いいですよ」

カウンターにいる受付嬢が快く頷《うなず》いてくれる。

「では、これをお願いします」

と、言いながら大爪ノ狼《マンビブロボ》の素材を〈アイテムボックス〉から取り出す。

「え、えぇええええええっっっ⁉」

なぜか、受付嬢が絶叫していた。

「あ、あなた、この前、冒険者になったばかりの方ですよね⁉」

そういえば、この受付嬢は以前、俺にギルドカードを作ってくれた人だったな。

「そうですけど……」

「いやいやいや⁉　初心者の冒険者がレベル60以上のモンスターを持ってくるとかあり得ないですよ⁉」

んなこと言われても……。

現にこうして持ってきたわけだし。

「おい、なんかあったのか？」

「あっ、ジョナスさん！」

様子をうかがいに来た冒険者を見て、受付嬢はそう叫ぶ。

「って、この前の〈錬金術師〉の坊主じゃねぇか」

ジョナスと呼ばれた男は俺を見て、そう呟《つぶや》いた。

どこかで会ったか？　と、一瞬思考して、あぁ、この前俺に冒険者をやめるよう忠告してきたおっさんだと思い出す。

「お前、〈錬金術師〉は冒険者に向いてないからやめとけ、と忠告したじゃないか。なのに、なんで冒険者ギルドに？」

「彼、この素材を持ってきたんですよ⁉」

「って、大爪ノ狼《マンビブロボ》の素材じゃねぇかよ！　初心者が持ってきていい素材じゃねぇぞ、これは⁉」

よほど驚いたのか、ジョナスはそう叫ぶ。

「流石に、一人でこれを狩ったわけじゃないだろうな？」

「まぁ、一人ではないですね」

早く換金してほしいなー、という思いから、否定せず話を合わせることにした。このほうが早く解放されそうだ。

「ちなみに、誰とパーティーを組んでいるんだ？　俺の情報網では、大爪ノ狼《マンビブロボ》を狩れるだけの実力がある冒険者が初心者とパーティーを組んだなんて聞いてないんだけどな」

参ったな。そこまで、話を深掘りされるとは。

さて、なんて答えるべきか。

「えっと、ボブって人とパーティー組んでます」

テキトーに思いついた名前を口にする。

ボブってよくある名前だし。これで、なんとかなるだろう。

「ボブか。確かにあいつなら大爪ノ狼《マンビブロボ》を狩るだけの実力はあるな」

よしっ、なんか知らんけど、うまくいった。

どこぞのボブよ。ありがとう。

「おい、ボブ！　ちょっと、こっちに来い！」

「なんすか？　ジョナスのおっさん」

おーい、なんでお前が冒険者ギルドにいるんだよー。

「ボブ、こいつとパーティー組んでいるって本当か？」

「いや、知らないっすよ。こんなやつ」

どうやら俺の嘘《うそ》があっけなく破綻したようだ。ちっ。

「おい、これはどういうことだ？」

ジョナスがしかめっ面で俺のことをにらむ。

はぁー、うざいなー。

「えーと、なんか、たまたま森にいたら、このモンスターが崖から落ちているとこに遭遇したんでー、それでラッキーと思って、素材を換金してもらおうと思って来たんですよー」

どうせ、俺が倒したと言っても、信じてもらえないだろうし、誤魔化《ごまか》すことにした。

モンスターが崖から落ちたって部分は当たっているし。

「モンスターが崖から落ちるって、そんな都合のいいことあるのか……？」

こいつ、なおも俺のことを疑うか。

「あの、ユレンさん。失礼でなければ、あなたのことを〈鑑定〉してもよろしいでしょうか？」

ふと、受付嬢が俺のことを名前で呼んで、そうお願いしてくる。

冒険者を〈鑑定〉か。

〈鑑定〉のレベルが低い状態で冒険者を〈鑑定〉しても、名前とジョブ、それからレベルしかわからない。

それだけなら、正直見られても問題ない。

スキルを〈鑑定〉されるのは嫌だが、確か他人のスキルを〈鑑定〉するには、スキルのレベルが相当高くないとダメだったはず。

だから、大丈夫だろう。

そう判断した上で、俺は「いいですよ」と頷いた。

「では、させていただきますね」

と受付嬢は言って、俺のことを〈鑑定〉する。

「どうだ?」

と、ジョナスが質問する。

「えーと、ユレンさんのレベルは1ですので、ユレンさんがモンスターを倒したわけではないかと。なので、本当に崖から落ちたモンスターを回収したんでしょうね」

「だが、どうやってここまでモンスターの死体を運んだんだ?」

「あぁ、それなら、彼〈アイテムボックス〉持ちですので、その点は不自然ではないかと」

「お前、〈アイテムボックス〉を持っているのか……!」

ジョナスが目を見開いて俺を見る。

「そういうことなら、納得はできなくはないのか……」

どうやら騒ぎは無事収束したようだ。

それから大爪ノ狼《マンビブロボ》の素材を換金してもらい俺は十分な金を得た。

流石、レベルが61のモンスターなだけあり、かなりの額になった。

「この前、あんなことを言って悪かったな」

ふと、ジョナスが話しかけてくる。

「あぁ、いえ。気にしてませんから」

「〈アイテムボックス〉を持っているなら、不遇職でも冒険者としてやっていけるだろうからな」

ジョナスは俺が幸運にも最初から〈アイテムボックス〉を手にしていたと勘違いしているんだろう。実際は自分でモンスターを倒して獲得したんだけどな。

「あぁ、ちゃんと自己紹介してなかったな。俺はジョナス。レベルは200を超えているBランク冒険者だ。ジョブは見ての通り、〈大剣使い〉」

ジョナスはそう言いながら、背中の大剣を見せびらかす。

「この冒険者ギルドでは顔役として、そこそこ人望はあるはずだから、なにか困ったことがあったら、俺を頼ってくれ」

レベル200を超えているってことは、それなりに熟練の冒険者であることに違いない。

この冒険者ギルドでの顔役なのも納得だ。

「ユレンと申します。こちらこそ、よろしくお願いします。それと、なにかあったら頼らせていただきます」

今後もここの冒険者ギルドを活用する予定なので、仲良くするに越したことはない。なので、丁寧に挨拶をする。

「それで、早速で悪いが、ユレンに相談ごとがあるんだが」

「はい、なんでしょう」

「実は、今、新人の冒険者を集めて新人研修をしているんだが、お前もそれに参加しないか？　他にもお前のような新人の冒険者がいるからな。仲良くなるきっかけにもいいと思うぞ」

「…………全力でお断りします」

「おい、なんでだ⁉」

「ソロで活動したいので」

「いやいや、そのジョブでソロは厳しいと思うぞ！　どっちかというと支援職だろ〈錬金術師〉は」

「…………………」

「おい、無言で逃げるな‼」

ダッシュで逃げた。

俺は強いモンスターを倒したいだけなのに、新人研修とかやってられないだろ！

◆

翌日、宿舎で一泊した俺は再びモンスターを狩るべく、馬車を利用して森へ向かった。

ちなみに、標的モンスターの目撃情報がこの森であったことは、すでに冒険者ギルドで確認済みだ。

「さて、今回はどんなふうに楽しめるかなぁ」

これからモンスターと命の削り合いができると思うと楽しみで仕方がない。

さて、まずは事前準備だ。

レベル１の俺が格上モンスターに勝つためにはいかに準備するかが重要だ。だから、手は抜けない。

「見つけた」

早速、俺は目的のモンスターを見つけてそう呟く。

◁◁◁◁◁◁◁◁◁◁◁◁◁◁◁◁◁◁◁◁◁◁◁

〈猛毒を持つカエル《ベネノガエル》〉

ＬＶ：10

全長30センチほどのカエル型のモンスター。

皮膚に非常に強力な毒を持つことで有名。

▷▷▷▷▷▷▷▷▷▷▷▷▷▷▷▷▷▷▷▷▷▷▷

標的モンスターを倒す前に、まずこのモンスターを狩って、倒すのに必要な素材を調達する。

今回は猛毒を持つカエル《ベネノガエル》から採取できる毒。

この毒を使って、モンスターを狩る予定だ。

そのためには、まず猛毒を持つカエル《ベネノガエル》を討伐することから始めないとな。

猛毒を持つカエル《ベネノガエル》はレベル10とモンスターの中では弱い部類だが、俺はレベル１なため油断はできない。

遠くから弓矢を使って、確実に急所を狙う。

急所に当たりさえすれば、レベル1の俺でも苦労することなく倒すことが可能だ。

そうやって、俺は一匹ずつじっくりと猛毒を持つカエル《ベネノガエル》を狩っていく。

もちろん狩った猛毒を持つカエル《ベネノガエル》から、毒を採取することも忘れない。

そうやって俺は何匹も狩って、大量の毒を集めた。


ただ、腕に自信がある俺でも時にミスすることはある。

「あっ」

急所を外した猛毒を持つカエル《ベネノガエル》が俺に迫り、体当たりしてきたのだ。

猛毒を持つカエル《ベネノガエル》は皮膚から毒を出す。つまり、体当たりされたということは毒に冒されたということになる。

「ナイフ」

俺はスキル〈アイテム切り替え〉を使って、〈アイテムボックス〉から瞬時にナイフを取り出す。

そして、接近した猛毒を持つカエル《ベネノガエル》の急所を確実にナイフで抉《えぐ》り、絶命させる。

「まいったな」

猛毒を持つカエル《ベネノガエル》を倒したはいいが、毒に冒されては本末転倒だ。

すでに、毒を浴びた腕はしびれて動きが鈍くなってきている。

このまま放っておいたら数十時間のうちに俺は死ぬ。

その前に、なんとかする必要があるが……。


俺はすぐさま危険な区域から脱出し、安静にできる場所を探すことにした。

大分、森の奥に入ってしまった。

森の近くにある村なら、毒をなんとかする解毒剤があるかもしれないが、毒に冒された今の状態で、モンスターが生息する森を抜けて村までたどり着くのは至難の業だ。

これなら事前に解毒剤を入手しとくべきだったか。

とはいえ、解毒剤は貴重なため、市場には滅多に出回らず入手はほぼ不可能なのだが。

まぁ、いいか。

なにせ、ピンチということはそれだけ楽しめるということだし。

「おっ、いいところに洞穴が」

茂みの中に、洞穴があるのに気がつく。

ひとまずこの洞穴を拠点にして、今後の方針を考えよう。

「なんだ、先客がいたのか」

洞穴の中に、一匹のモンスターがいた。

◁◁◁◁◁◁◁◁◁◁◁◁◁◁◁

〈銀妖狐《プラタックス》〉

LV：142
銀色の毛皮を持つ美しい狐《きつね》型のモンスター。
非常に賢いため、人間の言葉を理解できる。
▷▷▷▷▷▷▷▷▷▷▷▷▷▷▷

無意識のうちに〈鑑定〉して、洞穴にいたモンスターの情報を得る。

鑑定結果に書かれている通り、そのモンスターは銀色に輝く美しい毛皮を持っていた。

だが、そのモンスターの背中には大きな切り傷があり、大量に出血しているのが一目でわかる。

そのせいなのか、俺を見ても襲ってくる気配はなく、ただじっとこちらを静観していた。

「他のモンスターと戦って傷つけられたってところか」

傷口の特徴を見てすぐにわかった。

これだけレベルが高いモンスターに傷を負わせることができるとは、戦ったモンスターも相当レベルが高いに違いない。

そして、モンスター同士が争うことは珍しいことではない。大方、縄張り争いでもしたんだろう。

と、そうだ。

いいことを思いつく。

確か、この銀妖狐《プラタックス》は毒に対する耐性を持っていたはずだ。

「なぁ、取引をしないか」

そういうわけで、俺はモンスターに話しかけた。

「その傷を治してやる代わりに、この毒を消してほしい」

そう言うも、銀妖狐《ブラタックス》はただじっとこちらを見つめるだけだ。

「この毒を消せといってもお前がなにかをする必要はない。ただ、俺の言うことを聞いてくれるだけで大丈夫だから」

そう語りかけても反応を示さない。

「黙っているってことは肯定と捉えるからな」

そう口にした俺は〈アイテムボックス〉からある物を取り出す。

〈上級ポーション〉。

薬草にスキル〈調合〉を使うことで〈ポーション〉を作ることができるわけだが、大量の薬草とレベル4まであげた〈調合〉を用いれば、まれに〈上級ポーション〉が完成することがある。

貴重なアイテムなだけあって、その効果は絶大だ。

その〈上級ポーション〉を惜しみなく銀妖狐《ブラタックス》に使う。

すると、傷口が光を放ち始め、癒えていくのがわかる。すぐに完治はしないがしばらく安静にしとけば、そのうち回復するだろう。

「さて、それじゃあ俺の毒を治す協力も頼むな」

そう語りかけると、銀妖狐《ブラタックス》はただじっとしていてくれる。もし、逃げ出されたら途方にくれるところだったのでありがたい。

まぁ、まだ傷口が塞がっているわけではないので逃げ出すのも難しいのだろうが。


早速、作業にとりかかる。

まず、猛毒を持つカエル《ベノノガエル》から集めた〈毒液〉を使う。

そのうち、少量を銀妖狐《ブラタックス》に注射器を用いて注入するのだ。注射器は念のため購入しておいたものだ。

銀妖狐《ブラタックス》は毒に対して耐性を持っている。

だから、毒を与えることで血の中に毒の抗体ができるというわけだ。

「少し痛いが我慢してくれよな」

そう言いながら、ガラスでできた注射器の針を銀妖狐《ブラタックス》の皮膚に刺す。

あとは銀妖狐《ブラタックス》の血液内に毒の抗体ができるまで待ち続ける。


待ち続けること数時間。

そろそろだと思ったら、今度は銀妖狐《ブラタックス》から注射器を用いて採血を行う。

「よしっ、問題なければ、これで解毒剤ができるはず」

採取した血にスキル〈調合〉を用いれば、無事〈解毒剤〉の完成だ。

「あとは、この〈解毒剤〉を自分に刺せば治るはず」

注射器に入れた〈解毒剤〉を毒に冒された腕に直接注入する。

刺した直後に変化は訪れないが、待てばそのうち回復するだろう。

「そろそろ太陽も落ちそうだな」

ふと、そのことに気がつく。

夜になれば火でも起こさない限り、なにも見えなくなる。

正直、体力も限界だ。

毒のせいで、いつも以上に体力を消耗してしまっている。

だから、しばらくしないうちに、俺の意識は落ちていた。

◆

「いつの間にか寝てたな」

起きた直後、周囲の安全を確認する。

いつもなら安全であることを慎重に確認してから寝るようにしているが、昨日は毒に冒されていたせいで周囲の安全を確保する前に寝てしまった。

少し不用心ではあったが、洞穴の中にいたことだし、さして問題はなかったようで、こうして無事に朝を迎えることができた。

「毒のほうも完治しているな」

〈解毒剤〉がちゃんと効いたようで、毒で変色していた腕は元の色に戻っている。

昨日のモンスターに感謝しないとな、と思って周囲を確認するがどこにもいない。

足跡の痕跡から、早朝にこの洞穴を出て行ったようだ。

ということは、あのモンスターの傷も無事癒えたってことか。


さて、回復もしたことだし改めて狩りをしに行こうか。

そう思い、俺は洞穴を出て森の中を進んだ。


「見ーつけた♪」

歩くこと数時間。

標的を見つけたので、うれしくなった俺はそう口にしてしまった。

モンスターに感づかれないようにもっと慎重に行動しなきゃいけないので、反省反省。

◁◁◁◁◁◁◁◁◁◁◁◁◁◁◁◁◁◁◁◁
〈巨大蜘蛛《アラーニャ》〉
ＬＶ：１０２
糸を全身にまとわせた巨大な蜘蛛《くも》。
糸をたくみに操り高速移動する。
▷▷▷▷▷▷▷▷▷▷▷▷▷▷▷▷▷▷▷▷

鑑定結果を見て思わず、笑みを浮かべてしまう。

レベル100オーバー。

今までの敵に比べたら、何倍も格上のモンスターだ。

これと今から戦えると思うとそれだけでゾクゾクしてしまいそうだ。

「さて、それじゃ一撃目を当てようか」

そう言って、俺は弓を引く。

使うのはただの矢ではない。

まず、猛毒を持つカエル《ベネノガエル》から採取した大量の〈毒液〉に対し、レベル4の〈調合〉スキルを使うと、〈毒液〉が何倍にも濃縮された強力な〈猛毒液〉が完成する。

その〈猛毒液〉と〈矢〉に対し〈加工〉スキルを使うと、〈猛毒矢〉が完成するわけだ。

そう、俺が今から弓で放つのは〈猛毒矢〉。

巨大蜘蛛《アラーニャ》の毒に対する耐性が低いのは、『ゲーム』にて確認済みだ。

だから、この一撃は非常な有効打になりうる。

「さぁ、ゲームスタートだ」

そう言って、矢を放った。

ザシュッ、と矢は巨大蜘蛛《アラーニャ》に刺さる。

矢のダメージはほぼないが、毒のダメージは無視できないはず。

「キシャァアアアアアアアアアア!!」

矢が当たった巨大蜘蛛《アラーニャ》は金切り声のような鳴き声を発する。

そして、矢が放たれた元、つまり俺の位置を捕捉した。

「はやっ」

巨大蜘蛛《アラーニャ》が一瞬で俺の位置まで移動してきた。

巨大蜘蛛《アラーニャ》は戦闘時、特殊な移動方法を用いる。糸を遠くに飛ばして地面や木に粘着させ、その位置に自分を引き寄せる。

そんなワイヤーアクションのような移動方法を用いて、敵に一瞬で接近する。

まぁ、『ゲーム』で予習済みなため驚きはしない。

敵の動きがある程度読めれば、避けるのも不可能ではない。

そして、敵の動きを読むのは俺にとってそう難しいことではない。

だって、『ゲーム』で一度戦ったことのある敵だから。

「うわっ！」

とはいえ、非常にギリギリだ。

コンマ一秒、反応が遅ければ攻撃が当たっていたに違いない。

これを後何回も繰り返さなきゃいけないのか。

一撃もらうだけでも、レベル１のせいで防御力が紙以下な俺にとっては致命傷になりうる。

だから、攻撃を一度ももらってはいけない。

その上、隙をついてこっちから攻撃する必要もある。

そう考えたら、倒すのは非常に難易度が高い。

「いいねぇ、最高の展開じゃん」

だからこそ、俺の心は燃える。

ギリギリの攻防。

まさに、『縛りプレイ』の醍醐味《だいごみ》だ。

◆

「はぁー、はぁー、はぁー、はぁー」

さっきから自分の呼吸音がうるさい。

どうやら体力の限界が近いらしい。

巨大蜘蛛《アラーニャ》と戦い始めて何時間経った？　二時間は絶対に経ったな。三時間経っていてもおかしくはないか。

「おいおい、全然倒れる気配がないじゃないか」

三時間の間、タイミングを見計らっては〈猛毒矢〉や〈手投げ爆弾〉で攻撃してるんだが、ダメージ量が少ないようで、巨大蜘蛛《アラーニャ》はまだピンピンとしている。

とはいえ、確実にダメージは与えている。

だから、このまま戦い続ければいつかは倒せるはず。

あとは俺の体力がそれまで持つかが問題だが、それは気合いでどうにかするしかない。

恐らくあと三十分もすれば、毒が全身に回り、一気に形勢が逆転するはず。

だから、それまで耐え忍ぼう。


「グルル……ッ」

かすかに何者かによる唸り声が聞こえた。

「誰だ……？」

そう口にして振り向いた先——。

◁◁◁◁◁◁◁◁◁◁◁◁◁◁◁◁◁◁
〈大顎ノ恐竜《ティラノサウリオ》〉
LV：285
獰猛《どうもう》な肉食モンスター。
その全長は十メートルを超す超大型。
強力な顎であらゆるモンスターを引き裂く。
生態系の頂点に位置する。
▷▷▷▷▷▷▷▷▷▷▷▷▷▷▷▷▷▷

「おい、どうなってやがる」

この森に大顎ノ恐竜《ティラノサウリオ》がいるなんて聞いていないぞ。

「ガルルゥウウウウウウウウッッッ！！！」

喉を鳴らした大顎ノ恐竜《ティラノサウリオ》は巨大蜘蛛《アラーニャ》に飛びかかり、そして嚙《か》みちぎった。

俺があれだけ苦労して倒そうとした巨大蜘蛛《アラーニャ》を一瞬で倒してしまったのだ。

レベル２８５。

今までのモンスターとは明らかに格が違う。

どう見てもレベル１の俺が敵うモンスターではない。

でも、なぜだろう？

「ぐへへっ」

さっきから笑いが止まらない。思わず、変な笑い声が出てしまうほどに。

「いいねぇ、想定外の乱入モンスター。これだから『縛りプレイ』はやめられないんだよなぁ」

そう言って、俺は〈猛毒液〉を刃に塗ったナイフを構える。

「さぁ、最高のパーティーを始めようか！」

大顎ノ恐竜《ティラノサウリオ》は俺がやっていた『ゲーム』、『ファンタジア・ヒストリア』でも中盤の難関モンスターとされていた。

それだけの強敵。

倒すのに苦労した過去の記憶が、よみがえる。

あぁ、そういえば『ゲーム』でもこんなふうに乱入してくることがまれにあるんだった。

その大顎ノ恐竜《ティラノサウリオ》はというと、俺のことなど目もくれず巨大蜘蛛《アラーニャ》を食べるのに夢中になっている。

レベル1の俺なんか脅威ではないと、背中で語っているようだ。

もしかしたら、今ならこのモンスターから逃げることが可能かもしれない。

だが、それはつまらんよなぁ。

「まずは一撃目」

そう呟いて、至近距離で〈猛毒矢〉を弓で放つ。

確か、大顎ノ恐竜《ティラノサウリオ》も毒の耐性がなかったので、この攻撃は効くはずだ。

ヒュンッ、と風を切って矢が命中する。

すると、ゆっくりと大顎ノ恐竜《ティラノサウリオ》がこっちを向いて、俺を認識した。

「さぁ、遊ぼうぜ」

そう口にした瞬間――。

「ガルゥウウウウウウウウウ!!」

大顎ノ恐竜《ティラノサウリオ》が咆哮《ほうこう》しながら突進してきた。

「ありがとう！　わかりやすい動きをしてくれて！」

ただの突進は動きが読みやすい。

だから、よけるのもそう難しくない。

ステップで攻撃をかわしつつ、隙ができたのでナイフで突き刺す。

「あはっ、攻撃力低すぎて全くダメージになってないや！」

どれだけのダメージが入ったかは感触である程度把握できる。

そろそろ次の攻撃がくる。

突進した後は、体を回転させたしっぽによる全方位攻撃をする確率が高い。だから、バックステップでできるかぎり距離をとる。

「あれ――？」

なぜか体がふらついた。

あぁ、どうやら体力の限界がきてしまったらしい。

まぁ、巨大蜘蛛《アラーニャ》と長時間にわたり戦っていたからな。体力の限界がやってきたことに納得はできる。

だが、このふらつきは致命的だ。

「がはっ」

当然といえば当然の結果。

ふらついたせいで、大顎ノ恐竜《ティラノサウリオ》のしっぽの先端が当たり、後ろに吹き飛ばされる。

そして、木に背中を強打して、口から血を吐いた。

当たったのがしっぽの先端だったおかげだろう。

まだＨＰはわずかだが、残っている。

とはいえ、攻撃を受けたせいで立ち上がろうとしてもいつもより体が重い。

視界もぼやけて、手が二重に見える。

どう見ても危機的状況だ。

なのに、なぜだろう⁉

さっきから脳汁がとまらないっ！

「ありがとう大顎ノ恐竜《ティラノサウリオ》‼　俺を絶体絶命のピンチにしてくれて！」

だから、お礼を言った。

こんな興奮を与えてくれた存在にお礼をしないなんて失礼極まりない。だから感謝するのは当然だ。

「きひっ、さてこの絶望的状況を逆転させるなにかいい作戦はないだろうか！　あぁ、なんにも思いつかないいや！」

まぁ、作戦なしも悪くないか。

攻撃を避けて避けて避けて避け続けて、たまに攻撃してを永遠に繰り返せば、どんなモンスターだって倒せる。

体力はとっくに限界だが、それは気合いがカバーしてくれる。

あぁ、なんて楽しい時間なんだろう。

俺はこの瞬間のために、生きてきたのかもしれない。

「グルゥウウウウッッッ‼」

大顎ノ恐竜《ティラノサウリオ》が呻き声を出しながらつっこんでくる。

それを右によけようとしたが、足がふらついているせいで、うまく力が入らない。

だから、俺は転がるように攻撃をよけようとするが、そこまでに至る判断が遅かったせいだろう。

大顎ノ恐竜《ティラノサウリオ》の攻撃が当たることを冷静に確信していた。

どうやら死ぬかもなぁ、とか思いつつ、わずかな可能性にかけて体を動かそうとした。

「ガウッ」

と、なんらかの動物による声が聞こえた。

あれ？　体が勝手に動いているぞ。

状況がまだ把握しきれてないが、事実そうだった。

おかげで、大顎ノ恐竜《ティラノサウリオ》の攻撃を回避することに成功する。

なにが起こっているんだ？　と思いつつ、横を見て事態を理解した。

昨日助けた銀妖狐《プラタックス》が俺のことを咥《くわ》えて走っていた。

せっかくの楽しい時間に横槍《よこやり》を入れられた気分だ。

とはいえ、命拾いしたのは事実だし、ここは銀妖狐《プラタックス》に感謝すべきなんだろう。

◆

銀妖狐《プラタックス》が向かった先は昨日潜伏した洞穴だった。

そこで俺は〈上級ポーション〉を自分に使い、ぐったりと横になる。

立っているのもキツいぐらい体力がすでに限界だ。

「なんだ、枕になってくれるのか？」

ふと、寝そべっている俺に銀妖狐《プラタックス》が枕のように寄り添ってきた。

硬かった地面がモフモフに様変わりだ。

中々寝心地がいい。

そのせいか、なんだか眠気が……。

と、次の瞬間には俺の意識は落ちていた。

◆

「おい、いい加減起きぬか！」

パンッ、と乾いた音が響いた。

「ん……っ」

ビンタされたなぁ、と思いながら目を開ける。

「ふむ、やっと起きたか。おぬしが起きるまでずっと待たされて、わらわは大層暇だったぞ」

随分と不遜な態度をしていたのは、銀髪の幼女だった。

しかもただの幼女じゃなかった。

頭からは狐のような動物の耳が生えており、尻からはしっぽが生えている。

「誰……？」

「誰とは随分と失礼じゃな。おぬしとわらわは一夜を共にした仲だというのに」

「だから、誰だよ」

「昨日おぬしを助けた狐だといえばわかるだろ」

「……はぁ」

つまり俺を助けた銀妖狐《プラタックス》と目の前の幼女が同一人物だというのか。

モンスターが人に化けることなんてあるのか。

『ゲーム』でそんな展開あったか……？

「ほれ、それより早く済ませてしまおう」

そう言って、幼女が左手の甲を突き出す。

一体なんのポーズをしているのか理解できない。

「なにがしたいんだ？」

「契約だよ契約。おぬしと契約してやると言っているのだ」

契約？

確かにテイマー職だと、モンスターと契約して戦ったりするんだったな。

俺はテイマー職ではないが、かといってモンスターと契約できないわけではない。

モンスターが懐きさえすれば、確か可能だったはずだ。

とはいえ、俺の答えは決まっている。

「断る」

「なぬ⁉　わらわと契約したくないと申すのか⁉　わらわは〈人化〉という超絶有能スキルを持つ超優良物件だぞ！　そのわらわとの契約を断るというのか⁉」

「いや、そういう問題ではない」

「じゃあ、わらわのなにが問題だというのだ⁉」

「そもそもモンスターと契約するつもりがない」

「理由を聞いてもよいか？」

「そういう『縛りプレイ』をしているからな」

「……『縛りプレイ』とはなんじゃ？」

「簡単にいうと、いくつか自分に制限をかけている」

「制限ってなんじゃ？」

「まぁ、簡単に説明するとだな、俺はあえて弱い状態を維持するようにしている」

「なぜそんなことをするんだぁ？」

「そのほうが楽しいから」

と、説明しても理解できなかったようで、銀髪幼女は首を傾げていた。

「ともかく俺はソロプレイをするという縛りを自分に課している。だからお前とは契約できない」

「ま、待て。ソロプレイをしたいのはわかったが、わらわと契約してもおぬしがソロプレイであることには変わらないぞ。なにせ、わらわは冒険者ではなくモンスターだからな」

確かに、ソロの対義語にあたるパーティーというのは複数の冒険者が集まって戦うことだ。

だから、一匹のモンスターと契約して、そのモンスターと共に戦ったとしても、冒険者は一人に過ぎないのでソロの範疇《はんちゅう》に含まれるのかもしれない。

とはいえ、『縛りプレイ』というのは結局、己の自己満足のためにやるものだ。

だから、俺自身が納得できるかどうかが大事なわけだが、

「俺は自分一人の力でモンスターを攻略したいんだよ。だから、お前の力は借りない」

なのに、モンスターの力を借りてしまっては台無しな気がする。

「お、おい、待て！　どこに行く気だ⁉」

洞穴を出て行こうとする俺に対し、銀妖狐《プラタックス》が引き留めようとする。

「そんなの決まっているだろ。やられた借りを返しに行くんだよ」

「まさか、大顎ノ恐竜《ティラノサウリオ》を倒しにいくんじゃあるまいな⁉」

「その、まさかだけど」

「おぬしはたわけなのか！　おぬしのレベルが1なのはさっき〈鑑定〉したからわかっておるんだぞ。そのレベルで勝てる相手なわけないだろ⁉」

どうやら俺のレベルが1しかないことがすでにバレているらしい。

まぁ、別にレベルが他人にバレてもなんとも思わないが。

「おい、なんの真似だ？」

そう言ったのは、幼女が俺の行き先に立ち塞がっていたからだ。

「この先に、おぬしを行かせぬ！」

「はぁ？　なんで？」

「おぬしはわらわにとって命の恩人じゃ。その恩人が死地に行こうとしているのだぞ！　それをとめるのは当たり前のことだろ！」

めんどくさっ。

助けたのは、それが俺にとってもメリットになると思ったからに過ぎない。

正直、恩義とか気にされても鬱陶しいだけなんだけどな。

「邪魔。そこをどけ」

「嫌じゃ！　おぬしがなにを言おうとわらわはここをどかないぞ」

銀妖狐《ブラタックス》はそう言って、両手を広げる。

簡単にどいてくれなそうだ。

あっ、いいこと思いついた。

こんなことを思いつくなんて、今日の俺は冴《さ》えているのかも。

「だったらさー、代わりにお前が俺と殺し合いをしてくれるっていうなら言うこと聞いてやってもいいけど」

「……は？　なぜにわらわがおぬしと殺し合いをしなくてはならないのだ？」

「だって、人の姿をしていても所詮お前はモンスターだろ。モンスターと人間が殺し合いをするの

はごく自然なことじゃね」

「だとしても、わらわはおぬしと命のやりとりをするつもりはない」

そうか、だったら無理矢理そういう状況にもっていけばいいよね。

「きひっ」

方針が決まれば、すぐさま実行するのが俺のモットーだ。

なので、〈アイテム切り替え〉で〈アイテムボックス〉から一瞬でナイフを左手で持って振りかざす。

「……なんで、よけようとしないの？」

「言っただろ。おぬしと戦うつもりは毛頭ない」

ナイフは幼女の眼前で止まっていた。

「つまんな」

そう言葉を残して、俺はその場を後にした。

流石に、こんな俺と契約する気は失せたようで、幼女に化けた銀妖狐《プラタックス》は俺の後を追ってこなかった。

◆

今の俺ではレベル２８５の大顎ノ恐竜《ティラノサウリオ》を倒すのは正直難しいだろう。

だから、なにか策を弄する必要がある。

そして、その策に心当たりはある。

「確かこの辺りだったよな」

俺がいるのは、昨日大顎ノ恐竜《ティラノサウリオ》と戦った場所だった。

その場で見つけたのは大顎ノ恐竜《ティラノサウリオ》が食べ残した巨大蜘蛛《アラーニャ》の死骸。

俺が今回、巨大蜘蛛《アラーニャ》を標的にしたのはある理由があった。

巨大蜘蛛《アラーニャ》の素材から作れるあるアイテムが今後の戦いにおいて、非常に重宝するからだ。

「あった」

そう呟いて、俺は地面に落ちていた物を拾う。

拾ったのは巨大蜘蛛《アラーニャ》の魔石。魔石は硬く噛み砕くのが大変なため、やはり大顎ノ恐竜《ティラノサウリオ》は食べ残していたか。

魔石というのはモンスターなら必ず体内に保有している光り輝く鉱石のような物質だ。

魔石はそのものが非常に便利に使われており、主に魔導具を動かすためのエネルギー源となることが多い。

そんな魔石だが、俺は『ゲーム』のおかげで非常に便利な使い方があることを知っている。

「保有しているSPは48ポイントか」

猛毒を持つカエル《ベネノガエル》を三十体以上狩ったおかげで、けっこうSPが貯まっている。

さて、まず手に入れるスキルのうち二つは決まっている。

◁◁◁◁◁◁◁◁◁◁◁◁◁◁◁
ＳＰ４を消費して〈魔力感知ＬＶ１〉を獲得しました。
ＳＰ４を消費して〈魔力操作ＬＶ１〉を獲得しました。
▷▷▷▷▷▷▷▷▷▷▷▷▷▷▷

〈魔導師〉だったら絶対に持っている二つのスキル。

〈錬金術師〉も〈魔導師〉の端くれのようなものだから、比較的少ないＳＰを払えば獲得できる。

とはいえ、これらのスキルを使って魔術を扱うつもりはない。

そもそも魔術を覚えたとしても、レベル１なのでステータスの魔法力の数値が低いせいで、魔術の威力は貧弱になってしまうから使い道はないんだが。

じゃあなんのために、これらのスキルを獲得したのか？

それは次に獲得するスキルを見れば、おのずとわかってくるはずだ。

◁◁◁◁◁◁◁◁◁◁◁◁◁◁◁
ＳＰ２を消費して〈魔導具生成ＬＶ１〉を獲得しました。
▷▷▷▷▷▷▷▷▷▷▷▷▷▷▷

〈錬金術師〉というのは、金属や宝石を〈加工〉して道具を作るのが専門のジョブだ。

ゆえに、魔導具の中枢である魔石の〈加工〉も〈錬金術師〉が得意な分野の一つだ。

ただ、モンスターを倒しやすいがゆえに、レベルを上げやすい〈魔導師〉のほうが魔導具の生成をこなすことが多いのが現状なんだけど。

ふむ、失敗は許されないし、もう少しＳＰを振っておくか。

◁◁◁◁◁◁◁◁◁◁◁◁◁◁◁
ＳＰ28を消費して〈魔導具生成ＬＶ４〉にレベルアップさせました。
ＳＰ８を消費して〈魔力操作ＬＶ２〉にレベルアップさせました。
▷▷▷▷▷▷▷▷▷▷▷▷▷▷▷

さて、ＳＰの振り分けはこんなもんでいいだろう。

次は肝心な魔導具の生成だ。

材料は巨大蜘蛛《アラーニャ》の魔石、巨大蜘蛛《アラーニャ》が放った粘着性のある糸。

これらを〈魔力感知ＬＶ１〉で術式を解析する。

といっても、〈魔力感知〉がレベル１なため、詳しくは解析できない。とはいえ、全くオリジナルの術式を構築するわけではないので、多少わかれば十分だ。

そして、糸と魔石に対して〈魔力操作〉と〈魔導具生成〉を使う。

「ようやっと終わった」

数十分後、俺はそう言葉を吐いていた。

〈魔力操作〉は非常に繊細で神経を使う。だから、体力を消耗してしまった。

あとは、この丸い物体に〈加工〉スキルを使って、指輪の形に変形させる。

そして、その指輪を中指にはめた。

「名前は〈操糸の指輪〉」

そう言って、俺は指輪をはめた中指を突き出す。

すると、指輪から蜘蛛の糸が発射される。

指輪から出た糸は巨大蜘蛛《アラーニャ》が操っていた糸と同じ物。

巨大蜘蛛《アラーニャ》の魔石をこうして魔導具にすることで、巨大蜘蛛《アラーニャ》の能力の一部を獲得することができるわけだ。

それから俺は〈操糸の指輪〉を使いこなせるよう特訓した。

そして、一通り糸の操作を身につけて満足した俺は、こう呟くのだった。

「さぁ、それじゃあ大顎ノ恐竜《ティラノサウリオ》を探しに行こうか」

この〈操糸の指輪〉は非常に強力な武器として役に立ってくれるだろう。

それでも大顎ノ恐竜《ティラノサウリオ》に勝てる可能性は一パーセントもないに違いない。

だが、それがいいのだ。

自分より強大な敵に挑んでこそ、楽しめるというものだ。

だから、俺は今、非常に興奮している。

◆

「見ーつけった♪」

茂みの中に身を隠しながら、双眼鏡を覗《のぞ》いてそう口にする。

レンズの先には、当然大顎ノ恐竜《ティラノサウリオ》の姿が。

「それじゃ、狩りの時間としゃれこもうか」

手にするのは弓矢。

それも〈猛毒矢〉を使っている。

狙うは大顎ノ恐竜《ティラノサウリオ》の目。

目はどんな生物にとっても弱点であり、そして毒が最も効きやすい部位でもある。

外す予感は一切ない。

ヒュン、と風を切る音と共に矢が放たれザシュッと目に直撃した。

「グォオオオオオオオオオオオオオッッッッ！！！」

顎を上にあげての咆哮。

次の瞬間、俺の位置を捉えた大顎ノ恐竜《ティラノサウリオ》はこっちへと猛進してくる。

大顎ノ恐竜《ティラノサウリオ》の攻撃手段は主に突進とジャンプ、そして、長いしっぽを使ったなぎ払い。

火を口から吐くような遠距離の攻撃手段は持たない。

だから、近づかれさえしなければ攻撃が当たることはない。

ただ、大顎ノ恐竜《ティラノサウリオ》は巨大な体を持ちながらも、強靱《きょうじん》な二本足をもって縦横無尽に移動することが可能だ。

だから普通の人間の二本足では、その速度についていくことは難しい。

そこで役に立つのが〈操糸の指輪〉。

〈操糸の指輪〉を使って、後方に糸を伸ばし、木に粘着させる。そして、次の瞬間、糸を引き寄せることで自分の体を木の位置まで素早く移動させる。

こういう使い方をすることで、通常よりも何倍も速い移動が可能になるわけだ。

さらに、糸に引っ張られて移動している最中にも、矢をつがえて弓を引き絞り、矢を放った。

ザシュッ、と矢が大顎ノ恐竜《ティラノサウリオ》の腹の側面に当たる。

矢そのものの攻撃力はその人自身の攻撃力に依存するため、レベル１の俺が放った矢では大したダメージを与えることはできない。

だが、毒ダメージは確実に蓄積していく。

そして、攻撃力がその人のステータスに依存しない武器〈手投げ爆弾〉をすかさず投げて、さらにダメージを与えていく。

順調だ。

この調子でダメージを与え続けていけば、いずれ倒すことができる。

「どうしても長期戦になるのはさけられないか」

俺の攻撃力が貧弱すぎるがゆえに、与えられるダメージがほんのわずかなせいで、どうしたって倒すのに時間がかかる。

「長く楽しめると思えば、むしろメリットだよなぁ！」

レベルが高ければ、強い攻撃力をもって、一撃で倒せるのかもしれない。

けれど、それってすごくつまらないと思う！

まさに、この長期戦こそが『縛りプレイ』の醍醐味だ。

だから、今、最高に楽しい。


「あはっ、三時間も戦っているのに、全然倒れる気配ないじゃん！」

眼前には大顎ノ恐竜《ティラノサウリオ》の姿が。

たくさん攻撃したはずなのに、まだピンピンしていやがる。

対して、俺の体力はもう限界。

「なら、一か八かの攻撃に打ってでようか」

決まれば大顎ノ恐竜《ティラノサウリオ》に致命傷を負わせることができる。逆に失敗すれば、俺が致命傷を負う。

そういう攻撃。

失敗する確率のほうがめちゃくちゃ高い。

けれど、やらないという選択肢は俺にはない。

だって、成功するか失敗するかわからないドキドキって最高にワクワクするから！

「それじゃ、いきますかっ！」

左手を前に突き出し、中指にはめている〈操糸の指輪〉を見せびらかす。

そして、糸を大顎ノ恐竜《ティラノサウリオ》の頭のてっぺんに粘着させた。

それから、糸を引き寄せて一瞬で、大顎ノ恐竜《ティラノサウリオ》の眼前へと躍り出る。

「グガァアアアアアッッ！！！」

怒り狂った大顎ノ恐竜《ティラノサウリオ》が俺を潰そうと、木に突進する。

「お口の中ががら空きだぜ」

俺は〈手投げ爆弾〉を大顎ノ恐竜《ティラノサウリオ》の口に投げ入れた。その数、全部で五個！

「ウゴォオオオオオオオオオオッッッ!!」

体内が爆発した大顎ノ恐竜《ティラノサウリオ》は呻《うめ》き声《ごえ》をあげて、その場で暴れ始める。

暴れるといっても、その場でジタバタと土煙を舞い上がらせるだけではない。

大顎ノ恐竜《ティラノサウリオ》の巨体が暴れたら、周りの木々が倒壊し、地形が変わり、空気が振動で揺れ動く。

ゆえに、大顎ノ恐竜《ティラノサウリオ》に至近距離まで接近していた俺が巻き込まれないわけがなかった。

とはいえ、こうなることはわかっていたことだ。

吹き飛ばされた俺は、受け身をとる体勢で地面へと激突した。

致命傷だ。

骨が何本も折れた。

これ以上、戦うのはしんどそうだ。

とはいえ、あれだけの攻撃をしたんだ。大顎ノ恐竜《ティラノサウリオ》が無事なはずがない。

「クゴォオオオオオオッッッ!!」

雄叫びが聞こえた。

そして、大顎ノ恐竜《ティラノサウリオ》は口から煙を吐きながらも、俺の前へと悠然とした立ち姿で現れた。

どうやら、俺の一撃は致命傷にはほど遠かったらしい。

「あははっ、これはまいった！　俺、大ピンチじゃん！」

自分は満身創痍《まんしんそうい》。敵はまだ万全。

これはピンチとしか言い表せない状況だ。


「さて、どうしよっかなー」

そう言って立ち上がるが、骨が折れているせいだろうか、立ち上がるのも苦労する。

ゆっくり立ち上がっている間に、大顎ノ恐竜《ティラノサウリオ》のしっぽによるなぎ払いが襲ってくる。

「ぐはっ」

と、口から声が漏れたのは、体が木に叩《たた》きつけられた証拠だった。

口から血が溢《あふ》れる。

そして、その様子を大顎ノ恐竜《ティラノサウリオ》は眺めている。ニヤついた表情をしているような気がするのは気のせいではないのだろう。

勝ちを確信した顔だ。

そして——。

「これは勝てないなー」

という判断に至るのは自明だった。

俺は勝てるか負けるかわからないギリギリの攻防が楽しいのであって、絶対に負ける戦いに挑みたいわけではない。

なにせ、自分の命は大事だし。

だから、どうしたものかと思案する。

「だったら、わらわが助けてやろうか？」

ふと見ると、したり顔で岩に腰掛けている幼女と化した銀妖狐《プラタックス》がいた。

「わざわざ、俺のことを助けにきてくれたのか？」

てっきり、こいつにナイフを向けた段階で、愛想を尽かされたと思っていたが、そうでもなかったらしい。

「あぁ、助けてやるよ」

と、銀妖狐《プラタックス》は言う。

そして、こう言葉を付け足した。

「だが、一つ条件がある」

と。

「その条件とは？」

「わらわと契約しろ。そうしたら、おぬしを助けてやる」

なんで、ここまで俺と契約することにこだわるのかわからないな。

「嫌だとは言わせない。なにせ、この取引はおぬしにとってメリットしかない。どうしようもない絶望的な状況だが、わらわの力を借りれば命が助かる。それに、わらわと契約することで、わらわという優秀なモンスターをテイムすることができるのだ。ふむ、これほどおぬしにとって有利な取引があるだろうか」

「逆に聞くが、お前はなんで俺と契約したいんだ?」

「おぬしはわらわの命を助けた。わらわはおぬしの命を助けた。これ以上の契りは存在しない。だから、わらわはおぬしの側にいることに決めた」

聞いたはいいが理解できんな。

銀妖狐《ブラタックス》特有の価値観なんだろうか?

「おぬしとて、命は惜しいだろ」

「あぁ、確かに命は惜しいな」

「そうか。だったら、わらわと契約しろ」

そう言って、銀妖狐《ブラタックス》が手を伸ばしてくる。

この手をとらない理由はないな。

なにせ、今の俺がどう挑んでも大顎ノ恐竜《ティラノサウリオ》には絶対に勝てない。

そして、俺は死にたくない。

死んでしまえば、『縛りプレイ』がもうできなくなる。

せっかくこんな楽しい世界に生まれたのに、死んでしまうのはもったいなさ過ぎる。

確かに、今回は敗北だ。

だけど、生きて帰りさえすれば、また戦うことができる。

生きることはなによりも優先事項だ。

「ほれ、わらわの手をとれ」

だから、答えなんて、とっくに決まっていた。


「絶対に嫌だ」


うん、こんな幼女の見た目をしたやつの力を借りて生き延びるとか屈辱でしかない。

こんなやつの力を借りるぐらいなら、死んだほうがマシだ。

「おい⁉　この状況でも強情をはるのはよせ！　それとも、死にたいのか⁉」

「死にたくない」

「じゃあ、なぜ、わらわの手をとらぬ⁉」

理由なら、さっき言っただろう。

「嫌だから」

それ以上の理由なんてないぞ。

「さっきからおぬし、矛盾しているぞ！」

どこも矛盾なんてしてないと思うがな。

なにせ、俺の主張はずっと首尾一貫している。

「お前の力を借りるぐらいなら、俺は自分の力で戦うよ」

「だから、今のおぬしでは、あのモンスターには勝てないとさっき認めたではないか⁉」

「あぁ、そうだよ。俺の負けだよ。それは認める。でも、死にたくないから今回だけは特別にこうすることにした」

言いながら俺はあるものを〈アイテムボックス〉から取り出した。

「縛りを一つ諦める」

「はぁ⁉　おぬし、なにを言って――」

「今から、右手を使って戦う」

〈アイテムボックス〉から取り出したのは、もう一つの〈操糸の指輪〉。

巨大蜘蛛《アラーニャ》の魔石から〈操糸の指輪〉を二つ作ることができた。一つは左手の中指にはめている。

だから、もう一個を右手の中指にはめる。

「ホントはいやなんだよな。右手を使って戦うのは」

けれど、背に腹は代えられない。

今度は〈アイテムボックス〉から二本のナイフを取り出した。

そして、右手と左手のどちらにも構えた。

二刀流の構え。

うん、この構えが一番しっくりくる。

『ゲーム』でも、ステータス獲得前の特訓でもこの構えに一番慣れ親しんでいた。

なぜ俺が右手を使って戦うのが嫌なのかって――？

「だってそれをやってしまうと、ヌルゲーになってしまうんだもん」


俺は『縛りプレイ』をしてきたわけだが、その『縛り』というのはいくつか存在する。

もちろん、一番の縛りはレベルを１に固定すること。

あとは、ソロで活動すること。

そして、俺にとって利き手である右手を使わないこと。

だから、〈手投げ爆弾〉は左手で投げていたし、ナイフは左手で持っていた。弓矢を使うときだけは、右手で弓を持っていたが、弓を引く手は左手だ。

当然、なにをするにしても右手を使ったほうがうまくいく。

そして、右手と左手どちらも使えるのが、俺にとって最強の状態だ。

「それじゃ、狩りを始めるか」

大顎ノ恐竜《ティラノサウリオ》は余裕たっぷりの顔で俺を見下している。

俺の体は走るのが難しいほどボロボロだが、こっちには〈操糸の指輪〉がある。

両手にはめた二つの〈操糸の指輪〉があれば、走るよりも素早い移動が可能だ。

◆

〈操糸の指輪〉から出した糸を木の枝の先端に張り付けて、一瞬で頭上高くに飛ぶ。そして、すぐさま切り替えるように、大顎ノ恐竜《ティラノサウリオ》の背中に糸を粘着させて、体を引いて急降下すると共に、二本のナイフで攻撃。

そしてすぐさま、遠くの木に糸を粘着させて、一瞬で大顎ノ恐竜《ティラノサウリオ》から距離をとりつつ弓を引く。

右手で弓を引けば外す気が一切しない。

放たれた矢は大顎ノ恐竜《ティラノサウリオ》の喉に突き刺さる。

それを確認する前に、糸を使って、急接近。

〈手投げ爆弾〉を放り投げ、その煙で自分の位置をくらませつつ、後ろから大顎ノ恐竜《ティラノサウリオ》の頭上に着地すると同時に、まだ潰してなかったもう片方の目をナイフで潰す。

「グガァアアアアアアアアアアッッッッ!!」

両目を潰された大顎ノ恐竜《ティラノサウリオ》は叫び声をあげる。けど、今の俺にはそよ風のようなものだ。

「クソっ、やっぱり両手を使うとヌルゲーになってしまうんだよなぁ！」

叫び声をあげる大顎ノ恐竜《ティラノサウリオ》を見て、舌打ちする。

やっぱり俺が好きなのは勝つか負けるかわからないドキドキする戦いだ。

勝てるとわかっている戦いほどつまらないものはない。

「わらわは一体なにを見せられておるんじゃ……」

幼女に化けた銀妖狐《プラタックス》は目の前の光景を信じられないものを見るような表情で見ていた。

本当にあれがレベル1の冒険者の戦い方なのか？

そう思って、〈鑑定〉スキルをあの男に使う。

やはり、レベルは1だ。

ならば、目の前の光景はおかしいことになる。

レベル1の冒険者がレベル285のモンスターを相手にどうして圧倒できるのだ？

大顎ノ恐竜《ティラノサウリオ》はさっきから冒険者に対し、なにもできないでいた。

一方的にいたぶられている。

レベル1の冒険者は目にも留まらない速さで立体的に動いている。あんな異次元のような動きをされたら、どんなモンスターでさえ、攻撃するのが難しいに違いない。

なんだか大顎ノ恐竜《ティラノサウリオ》のことが気の毒に思えてきた。

それと同時に、自分があの冒険者を敵に回さなくてよかったと心底思う。

「あっ」

と、言葉をもらしたのと同時に、冒険者は地面に着地し、大顎ノ恐竜《ティラノサウリオ》が横に倒れた。

その瞬間、ズドン！　という大きな音が鳴り響く。

そして、冒険者の近くになんらかのメッセージウィンドウが現れる。

恐らく、レベルアップをお知らせする類《たぐ》いのものだろう。

そう、レベル1の冒険者がいともたやすくレベル285のモンスターに勝ってしまったのだ。

◆

◁◁◁◁◁◁◁◁◁◁◁◁◁◁◁◁◁◁◁◁
経験値を獲得しました。
レベル上昇に伴う経験値を獲得しましたが、〈呪いの腕輪〉の影響で、レベル1に固定されました。
SPを獲得しました。
▷▷▷▷▷▷▷▷▷▷▷▷▷▷▷▷▷▷▷▷

というメッセージウィンドウが表示されたのを見て、倒したことを理解する。

悔しい。

本当は左手だけで倒したかったたな。

縛りを一つ解除しないといけなかったし、後で反省しないとな。色々と課題が残る戦いだった。

ちなみに、いくつのSPを手に入れたんだろうとか思いながら、ステータスを表示する。

◁◁◁◁◁◁◁◁◁◁◁◁◁◁◁◁◁◁◁◁
SP：232

▷▷▷▷▷▷▷▷▷▷▷▷▷▷▷

けっこうなSPを手に入れることができたな。

これなら、色んなスキルを獲得できそうだ。

具体的になんのスキルを手に入れるかは、次の標的を決めてからでも遅くはないか。

「ひとまず大顎ノ恐竜《ティラノサウリオ》の素材を〈アイテムボックス〉に回収してっと」

と呟きながら、大顎ノ恐竜《ティラノサウリオ》を〈アイテムボックス〉に入れる。

そしたら、後は帰るだけだ。

「む……」

幼女の姿をした銀妖狐《プラタックス》がふて腐れた表情で立っていた。

なんか用でもあるのだろうか？

とはいえ、話しかける義理もないので無視して山を下りる。

ひとまずふもとの村に行って、馬車を見つけて帰るか。


……なんか俺のあとをついてくるな。

後ろを振り向く。

すると、俺の後を確実に追いかけてくるのが見える。

「俺になんか用か？」

「ふぎゃっ!」

なぜか声をかけると驚いたのか奇妙な叫び声をあげた。

「……わらわと契約しろ」

銀妖狐《プラタックス》は目をそらしてそう口にする。

やはり、これか。

「いやだ」

契約する気は毛頭ないので、そう口にする。

そして、再び歩き出すも銀妖狐《プラタックス》は俺の後をついてきた。

◆

「換金をお願いしたいんですけど」

「あ、はい、大丈夫ですよ」

冒険者ギルドにて、俺は受付嬢に尋ねていた。

「それじゃあ、お願いします」

そう呟いて〈アイテムボックス〉の中から大顎ノ恐竜《ティラノサウリオ》の死骸をだして地面に置く。

「ちょ、ちょちょちょちょっと、これはどういうことですか!?!?!?」

なぜか受付嬢が驚いていた。

「なんでレベル1のあなたが大顎ノ恐竜《ティラノサウリオ》の素材を持ってくるんですか⁉⁉」

またこれかー。

淡々と換金してくれるだけでいいのに。

「別にどうだっていいじゃないですか」

「いやいや、我々冒険者ギルドは冒険者の活動を管理するのも仕事のうちですから」

「おい、なにがあったんだ……」

「ジョナスさん‼」

見ると、一人の冒険者がこっちにやってきた。

なんか見たことある人だな……。

あぁ、以前俺を新人研修に誘った〈大剣使い〉だ。

「み、見てください！　この人、レベル1なのに、また高レベルのモンスターの素材を持ってきたんですよ！」

「また、お前か……。今度はどんな方法でモンスターを狩ってきたんだ」

「……偶然、このモンスターが崖から落ちた瞬間に立ち会ったんですよ」

「そんなことが二連続で起こるか⁉」

なんか怒鳴られた。

そういえば以前も同じ言い訳を使ったんだった。

「見てください！　ここに切り傷があります！　だから、誰かが倒したんですよ！」

大顎ノ恐竜《ティラノサウリオ》の素材を見ながら受付嬢がそう叫んでいる。

そこに気がつくとは目ざといやつめ。

「つまり、こいつが倒したってことなのか？」

「それはありえません！　この人はレベル1です！　念のため、〈鑑定〉で確認してみます！　ほら、やっぱりレベル1ですよ、この人！」

「じゃあ、なんでこいつが素材をギルドに持ってこられたんだ？」

「わかんないですけど、他の冒険者が狩った素材をこの人が奪ったとかなら……」

「もしそれが本当なら犯罪だが、他の冒険者からこれだけの素材を奪うのは簡単ではないし、素材を奪われたなんて被害は今のところ耳にしていないしな」

「でも、それ以外考えられないですよ！」

なんか俺が犯罪者か否かみたいな議論が繰り広げられている。そもそもそういう話は俺の聞こえないところでやれよ、とか思わないでもない。

「大顎ノ恐竜《ティラノサウリオ》を倒したのはこやつじゃよ。わらわはそれをしかとこの目で見たぞ」

そう言ったのは、幼女に化けた銀妖狐《プラタックス》だった。

獣耳は見られたくないのか、しっかりとフードをかぶって隠している。

「そ、そうなんですか……」

唐突な幼女の証言に、受付嬢は困った表情をしていた。

この幼女の証言を信じていいのかどうか、そもそも真とするならば、この幼女はモンスターが出る危険な区域にいたわけで、それはありえないだろう。けれど、幼女が嘘をつく理由も特に思いつかないし、とか色々と考えているに違いない。

「なにか騒ぎでもありましたか……？」

ふと、この輪に第三者の声が入ってきた。

「ギルドマスター⁉」

受付嬢がそう呼んだ男性は白髪を生やした爺《じい》さんだった。

「えっと、そのですね……」

かくかくしかじかと受付嬢がこれまでの経緯をギルドマスターに説明する。

「ふむ、なるほど……」と説明を聞き終えたギルドマスターはなにかを考えるように黙りこくったかと思うと、俺に対し問いかけてきた。

「このモンスターをユレン殿が倒したというのは間違いないのか？」

「ええ、そうです」

本当のことを言うか悩んだが、嘘をついてもいずれ限界がくるだろうと思い肯定することにした。

俺が頷くと、ギルドマスターは「信じられんなぁ」と呟く。

「やっぱり他の冒険者から手柄を奪ったんじゃ……」

「証拠もないのにそういうことを言うではない！」

「す、すみません……」

受付嬢をギルドマスターが叱責する。

「気を悪くしないでくださいユレン殿」

「いえ、別に気にしてないですし……。それに、信じられないのは当然の反応だと思いますので」

「ふむ、そう言っていただけるとこちらとしても助かる。そうだ、ユレン殿、ぜひどうやってこのモンスターを倒したか、我々に説明していただけぬか」

うーん、説明しろと言われてもな……。

そもそも説明したところで、理解してもらえるとは思えん。

いや、待てよ。

もっといい方法があるじゃないか。

「ふへへっ」

いい方法とやらを思いついて、思わず笑みがこぼれる。

「口で説明するより、俺の実力を直接、皆さんにお見せしたほうが納得していただけるんじゃないですか？」

「確かに、百聞は一見にしかずとは言うが」

「ええ、そうでしょう。ですから、今から、この俺と決闘してくださいよ。そうですね、決闘する相手はジョナスさん、あなたなんかがいいんじゃないですか？」

以前、ジョナスさん本人からレベル２００を超えていると聞いた。

それだけ強い冒険者と戦えるなんて、絶対楽しいに決まっている。

『ゲーム』でも何度か対人戦をやったことがあるが、対人戦はモンスターを狩るのと違った奥深さがある。

現実では対人戦なんて、よほどの理由がない限り、やる機会がないからな。

だから、せっかくの機会を使わせてもらおう。

「確かに、ユレン殿の実力を確認するなら、そのほうがよいかもしれぬな。ジョナス殿も引き受けていただけるか？」

「戦うのはかまわないが、俺のレベルが２００超えなのは知っているだろ。実力差がありすぎて、ユレンの実力を測るのに俺は向いていないんじゃないか」

余計なことを考えやがって。

俺はただ強い冒険者と戦いたいだけなのに。

「いえいえ、ジョナスさんが一番適しているんですよ。俺は自分の実力に見合わないモンスターを倒した。であれば、今回も自分より強い冒険者を相手にどれだけ俺が戦えるかを皆さんにお見せする必要があると思うんですよ」

「た、確かにそうかもしれんな……」

よしっ、これで強い冒険者と戦える。

ジョナスが頷いてくれた。
◆
「それじゃあ、ユレン殿とジョナス殿の決闘の準備にかかろうか」

決闘は冒険者ギルド前にある広場で行われることになった。

「俺は準備できているから、いつでも始めていいぜ」

対面に立っているジョナスがそう口にする。

周囲には、他の冒険者たちが取り囲むように立っていた。

冒険者同士の決闘なんて珍しい催しにみんな興味があるようで、自然とこれだけの人数が集まってしまったのだ。

「おいおい、ジョナスさんと戦うあのガキは誰なんだ?」

「なんか最近、冒険者になった新入りみたいですよ。レベルもまだ1みたいですし」

「なんで、そんなやつがジョナスさんと決闘するんだよ」

「どうやらレベルに見合わない強いモンスターを狩ってきたそうで、本当に本人が狩ったのか証明するために決闘をするみたいですよ」

「ふーん、随分と変わったことをするもんだなぁ」

「まぁ、でもあの新人がジョナスさんに勝てるわけがないだろ」

「それは、そうすっよね。てか、うちのギルドを使っている冒険者で、ジョナスさんに勝てる人は一人もいないでしょ」

なんて会話が耳に入ってくる。

やはり、噂《うわさ》通り目の前にいるジョナスはこの辺りの冒険者では一番強いことで間違いないようだ。

一応、ジョナスのことを〈鑑定〉しておこうか。

◁◁◁◁◁◁◁◁◁◁◁◁◁◁◁
〈ジョナス・ランゲージ〉
ジョブ：大剣使い
レベル：２８７
▷▷▷▷▷▷▷▷▷▷▷▷▷▷▷

レベル２００超えと言っていたが、実際には３００近いじゃないか。

「いいねぇ、最高にたぎってきた」

相手が強ければ強いほど、なぜか興奮してくる。

理由はわからないが、そういう体質なんだから仕方がない。

「それじゃ、始めようか」

◆

ジョナス・ランゲージはこの地区ではそれなりの実力者として知られている。

そして、自身もそう自負していた。

冒険者の実力はレベルに比例する。

自分のレベルは287。

この辺りで活動している冒険者の中では最高のレベルだ。

だから、ジョナスは強い者の使命として、新人の教育や相談に積極的に乗っている。

冒険者というのは常に死と隣り合わせの仕事だ。

だが、自分の実力を把握し、そのレベルに見合った狩りをすれば、命を落とすことは滅多《めった》にない。

だから、ユレンのことが気がかりだった。

〈錬金術師〉という戦闘に向いていない不遇職。

どちらかというと生産に向いているジョブだ。

とはいえ、たまにそういった不遇職でも冒険者になろうとする若者はいる。

けれど、そういった若者はモンスター相手に戦えないという現実に直面し、すぐに辞めていく。

だから、ユレンもすぐ辞めるだろうと思っていた。

彼は〈アイテムボックス〉というレアスキルを持っているようだが、それなら冒険者になるより商人になって大量の荷物を町から町へと運んだ方が、ずっと実入りがいいはずだ。

なので、こうしてユレンと決闘することになったことが、いまいち納得できないでいた。


どうせこの決闘は勝負にすらならないだろう。

それがジョナスの考えだった。

彼が大顎ノ恐竜《ティラノサウリオ》の素材をどうやって手に入れたかは疑問だが、一つ言えることは彼の大顎ノ恐竜《ティラノサウリオ》を倒したという主張だけは絶対に嘘だ。

「ぐへへっ」

不気味な笑い声が聞こえた。

「――は？」

瞬《まばた》きした次の瞬間には、ユレンが目の前へと移動してきていた。

一体どんなトリックを使えば、こんな高速で移動できるのか想像すらできない。

キラリ、となにかが太陽光に反射していた。

光の正体は、糸のようなものだった。

この糸が、ユレンが一瞬のうちに移動したことと関係あるんだろうか？　考えてもわからない。

それよりも、迫ってきたユレンに対して、防御の体勢をとるほうが先か。

そう判断して、大剣を横に突き出し、ユレンの持っているナイフから身を守る。

カツン、と音が響いた。

ユレンのナイフと大剣が接触した音だ。

今ので、ユレンの攻撃力は大したことがないことを悟る。ナイフの接触があまりにも弱々しかった。

だから、恐れる必要はないと判断したその瞬間――。

ドンッ、と爆発音が鼓膜を突き破った。

なにが起きたのか一瞬では判断がつかない。

〈手投げ爆弾〉だと——？

そのことに、数秒経ってやっと気がつく。

〈手投げ爆弾〉とは、随分珍しい武器だ。

攻撃力がその人のステータスに依存しないため、貧弱なダメージしか出すことができず、攻撃力が極端に低いヒーラー職がたまに持つ武器として知られている。

それでも〈手投げ爆弾〉は非常に扱うのが難しい。投げて当てるのに練度が必要だし、爆発のタイミングを計算して投げる必要もある。

それに、下手に爆発させて味方を巻き込んでしまうこともあるため、慎重に使う必要がある。

あぁ、そういえば、この男は〈錬金術師〉だったか。

それなら、〈手投げ爆弾〉をスキルで量産することは可能だ。それなら、〈手投げ爆弾〉を使うのも自然ではあるのか。

「うっ」

と、爆発をもろに受けたせいで怯《ひる》んでしまう。

とはいえ、自分には高い防御力がある。無傷とは流石にいかないが、この程度なら大した支障はない。

「とらえた——！」

ふと、目の前にナイフを片手に突っ込んでくるユレンの姿が目に入る。

まずいっ、そう思いつつ、構えようとして間に合わないことに気がつく。

〈手投げ爆弾〉はあくまでも目くらましで、本命の攻撃はこれだったのだ。

このナイフを受けてはいけない。

ジョナスの直感がそう判断した。

「〈シールドラッシュ〉」

だから、スキルを使った。

〈シールドラッシュ〉。敵の攻撃に対し、自動で大剣を横に構えて防御するスキルだ。その上、防御と同時に相手を弾き飛ばす効果もある。

ジョナスが持っているスキルの中で、最も使いやすくかつ強力なスキル。

スキルによってユレンは後方へと吹き飛ばされ壁に激突する。

「おい、大丈夫か⁉」

反射的にそう叫んでいた。

レベル1の冒険者相手に使っていいスキルではない。明らかに過剰防衛だ。下手したら、殺してしまってもおかしくない。

壁に激突したユレンは頭でも打ったのだろうか、血を流して石のように動かない。

すぐにでも回復職にお願いして、治癒をしてもらわないと。

そう思った、矢先――。

カクリ、とユレンの体が動いた。

「あはははははははっ」

この場に似つかわしくない乾いた笑い声。

誰もが、その笑い声を不気味だと思った。

「いいね、いいね、いいねぇ！　やっぱり簡単に勝てたら、楽しくないもんなーっ！　きひひっ、もっと遊ぼうぜぇ、おっさん」

「おい、それ以上動くな！　傷口が広がるだろ！」

「やだ」

ユレンは血だらけの体をものともしないで、戦闘の構えをとる。

こいつとはもう戦いたくない！

それが、ジョナスの心の底から出た叫びだった。

相手のレベルは1でかつ全身血だらけ。順当に戦えば、ジョナスが勝つのは誰の目にも明らか。

それをジョナスが一番理解していた。

それでも、ユレンと戦うのは嫌だった。

負けそうだから嫌だというわけではない。

不気味。

それがユレンに抱いた感情だ。

こんな不気味な相手とこれ以上戦うと、自分の精神が壊れてしまうんじゃないか、そんな予感が

したのだ。

初めてジョナスは冒険者に対して、底の知れない恐怖を覚えていた。

「ボブ！　ジョン！　デニス！　あいつをとめろ！」

観戦していた冒険者にそう命じる。

どの冒険者たちも腕には自信がある者たちだ。具体的な名前を呼んで命じたのは、そのほうが咄《とっ》嗟《さ》に動いてくれるだろうと判断したから。

そして、ジョナスの思惑通り、三人の冒険者はユレンに覆い被さるようにして拘束した。

流石に、三人相手ではどうすることもできなかったらしい。

「おい、おまえら！　戦いの邪魔をするな！　俺はまだ負けてない！」

ユレンがなにか叫んでいたが無視することにする。

「おい、誰かあいつの治癒をしてやれ」

そう言って、ジョナスはこの戦いを締めたのだった。

◆

「ひとまず、ユレン殿は安静のため家に帰ってくれるか？」

冒険者ギルド内にて。

ギルドマスターが俺にそう言った。

「大顎ノ恐竜《ティラノサウリオ》の換金はしてくれないんですか？」

そう言った俺の口調はどことなくふて腐れていた。

せっかくジョナスと戦っていい感じに体も温まってきたというのに、無理矢理戦闘を中断させられたのだ。

正直不満だ。

文句を言ったら、ジョナスに「怪我をしているのに、戦いを続けていいわけがないだろ」と怒られた。

あの程度の怪我、別になんともなかったのだが。

「ふむ、少し上と相談してから決めることになりますので、今日中にお金をお渡しするのは難しいかと。明日までにはなんとかなると思いますので、それまでお待ちいただければ」

「……まぁ、わかりました」

別に、お金に困っているわけではないので問題ない。

「お前に実力があることは十分わかったし、素材が奪われたっていう被害が出ているわけでもない。だから、問題なくお金は受け取れると思うぜ」

と、ジョナスが擁護してくれる。

どうやら、さっきの決闘で敗北はしたが、実力を認めてもらえたようだ。まぁ、俺はまだ戦いを続けることができるので、負けたとは思っていないが。

「それにしても、ユレンさんが大顎ノ恐竜《ティラノサウリオ》を倒したとしても、ユレンさんのレベルが1のままなのはおかしくないですか？　大顎ノ恐竜《ティラノサウリオ》ぐらい強い魔物を倒せば、レベルはあがりそうですけど」

と、受付嬢が疑問を口にする。

すると、他の面々も「確かにそうだな」と頷いていた。

まぁ、隠すつもりもないので、正直に言おうか。

「それは、俺があえてレベル1になるようアイテムで固定しているからですよ」

そう言って、俺は腕につけている〈呪いの腕輪〉を見せる。

「レベル1になるアイテムですか？　えっと、あえて弱くなるってことですよね？　そのアイテムをつけて、なんのメリットがあるんですか？」

受付嬢が首を傾げてそう尋ねてきた。

まぁ、当然の疑問だな、と思いつつ俺は質問に答えた。

「弱くなったほうが、戦ってて楽しいじゃないですか」

「……え？」

なぜだか、受付嬢は固まっていた。

どうやら俺の言葉は伝わらなかったようだ。

◆

「おい、なに勝手に部屋に入ってこようとしているんだよ」

冒険者ギルドを後にして、俺はまっすぐ宿屋に向かうことにした。

そして、自分の部屋の扉を閉めようとして——。

「わらわも中に入れろ！」

幼女に化けた銀妖狐《プラタックス》が部屋に入ってこようとしてきたのだ。

「契約はしないと言っただろ」

「おぬしはする気がなくとも、わらわはその気なのだ。おぬしがいくら否定しようが、わらわは絶対に諦めないぞ！」

「ともかく、部屋には入ってくるな」

「いやだ！　わらわは他に行くとこないからな。なんとしてでも、この部屋に入るぞ！」

扉を無理矢理閉めようとするが、銀妖狐《プラタックス》が抵抗する。

小さいくせに力はあるようで、中々扉を閉めることができない。

と、そんなふうに大声で騒いでいると、他の部屋で泊まっている人たちが何事か、と部屋から出てきた。

どうやら目立ってしまったようだ。

端《はた》から見たら、大人の俺が子供を虐めているように見えるよな。

このまま銀妖狐《プラタックス》といざこざを起こすわけにもいかないか。

「はぁ」

ため息をついた俺は諦め混じりに、こう言った。

「とりあえず、中で話を聞こうか」

「それで、なんでそんなに俺と契約したいんだよ」

部屋に入った俺はベッドに腰掛けていた。

対面には、椅子に座っている銀妖狐《ブラタックス》が。

まるで、これから面接をするみたいだなぁ、とか思わないこともない。そんなことを考えたせいか、銀妖狐《ブラタックス》もどことなく緊張しているように見える。

「前も言ったであろう。わらわはおぬしを助けた。おぬしはわらわを助けた。これ以上の契りはない。ゆえに、わらわはおぬしの側にいることを決めた」

「それが意味わかんないんだよなぁ。それって、モンスター特有の価値観なのか？」

「モンスターというよりは、わらわの母の教えじゃな。もし、この人なら仕えてもいいという冒険者と出会ったなら進んで契約しろと言っておった」

そんなこと聞いても「だから、なんだ」という感想しか出てこない。

「前も言ったが、俺は一人で戦いたい。だから、お前と契約する理由がない」

「ならば、わらわは戦闘には参加せん。これでよいか？」

「戦闘しないモンスターと契約して、俺はなにか恩恵を得ることができるのか？」

「わらわの背中に乗って移動すれば快適だぞ。馬車を借りる必要もなくなるし、馬車よりも速く移動できる」

ふふん、と鼻を鳴らして銀妖狐《プラタックス》がそう言った。

「どうじゃ？　わらわと契約したくなったじゃろ？」

したり顔で俺の顔を覗いてくる。

まぁ、確かに便利ではあるな。ぶっちゃけ馬車移動は面倒だし、今より速く移動できるなら、遠くの森に行ってそこにいるモンスターを狩ることもできそうだ。

ただ、契約すると即答することはできなかった。

なんていうか、この調子で契約したら、こいつの口車に乗せられたみたいで、腹が立つ。

「……契約はしない」

「むっ、なぜじゃ！」

銀妖狐《プラタックス》が声を荒らげる。

「ただ、乗り物として雇ってやる。だから、給料はちゃんと払うし、食事も宿代も払ってやる」

「むぅ」

俺の答えが気に入らなかったようで、銀妖狐《プラタックス》は頬を膨らませていた。

「まぁ、今はそれで妥協するとしようかのう。そのうち、時が経てば、わらわと契約する日が来るであろう」

「そんな日は一生来ないぞ」

「まぁ、いい。そうだ、おぬしの名前、まだ聞いてなかったな」

そういえば、まだ言ってなかったかもしれない。

「ユレンだ」

「そうか。わらわの名はフィーニャじゃ。わらわの名をとくとその胸に刻むとよい」

彼女はしたり顔でそう告げた。

「ユレン殿、申し訳ないが、想像以上にゴタついてしまっている。もう少し待っていていただけないだろうか」

大顎ノ恐竜《ティラノサウリオ》の素材を換金したお金を受け取ろうと冒険者ギルドに来たわけだが、ギルドマスターにそう言われてしまった。

明日には受け取れると言っていたが、なにかあったのだろうか。

「わかりました。また、出直します」

文句を言っても仕方がないだろうし、大人しく引き下がる。

それに、冒険者ギルドにきたのは、なにもお金を受け取るためだけではない。モンスターの討伐依頼の確認も兼ねてきたのだ。

「次はおぬし、なにを狩るのじゃ？」

「そうだな」

モンスターの情報が貼られている掲示板を前に、フィーニャと会話をする。

今の俺の実力でギリギリ勝てそうなモンスターがいればいいんだけど。

「あ、これとかいいかもな」

一つの貼り紙を前にそう口にした。

◆

「ほら、背中に乗るとよいぞ」

狐《きつね》の姿に戻ったフィーニャがそう口にする。

「乗ればいいのか？」

「あぁ、そうだぞ」

そういうことなので、背中に跨《また》がらせてもらう。

おっ、意外と座り心地いいな。モフモフした毛並みのおかげでお尻が全く痛くない。

「それじゃ、スピード出すから捕まるんじゃぞ」

「ぶっ」

一瞬で超スピードになる。まずいっ！　このままだと振り落とされる。

「ちょ、とまってくれ！　死ぬ！」

「ん？」

フィーニャが足をとめ、減速する。突然、急ブレーキをかけられるのはそれはそれで耐えられず、前方に吹き飛ばされる。

「ふむ、もう少しスピードを落として走ったほうがよかったか？」

「いや、その必要はない」

そう言って、俺は〈操糸の指輪〉から糸を出して、フィーニャにうまくくっつける。

これでうまく固定すれば、振り落とされないはずだ。

「それじゃあ、行くぞ」

そう言って、フィーニャはスピードをだす。

うっ、あまりの揺れで酔ってしまいそうだが、これなら振り落とされることはないな。


「まぁ、確かに馬車を使うよりはずっと早く着くな」

「ふふん、そうだろう」

幼女に戻ったフィーニャが鼻を高くする。

なんか腹が立つので、軽くデコピンしてやったら「ふぎゃ！」と、奇声をあげていた。

「それで、ここに例のモンスターがいるのか？」

「ギルドの情報が正しければな」

現在いる場所は山の山頂付近。

火口が近いこの辺りは木々が生えていないため、身を隠せる場所があまりなく、慎重に進む必要がある。

「いたな」

視線のはるか先。

今回の標的のモンスターが居座っていた。

◁◁◁◁◁◁◁◁◁◁◁◁◁◁◁◁◁◁◁◁
〈鋼鱗竜《アセーロドラゴン》〉
LV：532
鋼の鱗《うろこ》を持つ巨大なドラゴン。
その鱗はあらゆる攻撃をはじくことができる。
翼が退化しており、空を飛ぶことはできない。
▷▷▷▷▷▷▷▷▷▷▷▷▷▷▷▷▷▷▷▷

「フィーニャ、このモンスターの匂いを覚えることができるか？」

「可能だが？」

「そうか。それじゃ、一旦引くぞ」

「む？　なんだ戦わないのか？」

「この状態で戦っても勝つことは難しいからな」

「なんだ？　どんなに無謀でも挑むのがおぬしじゃないのか？」

「俺は勝てる見込みがない戦いはしない主義だぞ」

「むっ、おぬしの言葉とは思えんな」

俺のことを一体どんな人間だと思ってるんだよ。

あくまでも俺の『縛りプレイ』は、いかに下準備で勝てる確率を上げるのかが重要だ。

なんの準備もなしに挑んでも死ぬだけだからな。

「それじゃあ、フィーニャ。少し遠くまで移動するぞ。狐の姿に戻れるか？」

「ふむ、そのぐらい聞かずともできるわ」

そういうことなので、フィーニャの力を借りて再び遠くまで移動する。

「それで、ここでなにをするのじゃ」

「武器の生産だよ」

来た場所は、鉱山だ。

以前もここで〈灼熱岩《しゃくねつ》〉の採取を行った。

今回もここで大量の爆弾を作る予定だ。

ひとまず、生息している子鬼《ゴブリン》の狩猟をしつつ、鉱物の採取をしていく。

ついでに、ＳＰを消費してスキルを成長させておくか。

◁◁◁◁◁◁◁◁◁◁◁◁◁◁◁◁◁◁◁
ＳＰ16を消費して〈加工ＬＶ５〉にレベルアップさせました。
▷▷▷▷▷▷▷▷▷▷▷▷▷▷▷▷▷▷▷

〈加工〉がレベル５まで上がることで、できることが一気に増える。
例えば――。

◁◁◁◁◁◁◁◁◁◁◁◁◁◁◁◁◁◁◁◁
〈加工〉に成功しました。
〈地雷〉を入手しました。
▷▷▷▷▷▷▷▷▷▷▷▷▷▷▷▷▷▷▷▷

今までは〈灼熱岩〉と〈固い実〉に対して〈加工〉を用いても〈手投げ爆弾〉しか作れなかったが、レベルを5まで上げることで〈地雷〉を作れる確率が上がる。

そういうわけで俺は〈地雷〉と〈手投げ爆弾〉を大量に生成する。

もちろん、他にも生成するものはある。

大量の〈鉱石〉と大量の〈灼熱岩〉を使うことで、〈巨大爆弾〉ができる。

これも〈加工〉がレベル5になったことで作れるようになったものだ。

「随分と大きいのー」

〈巨大爆弾〉を見て、フィーニャが感心していた。

爆弾の大きさはフィーニャの肩に届く程度にはある。威力は強力だが、重いため手で持って投げることはできない。

使うには、なんらかの工夫が必要ってわけだ。

その〈巨大爆弾〉を材料があるだけ作っていく。

◁◁◁◁◁◁◁◁◁◁◁◁◁◁
〈加工〉に成功しました。
〈猛毒ナイフ〉を入手しました。
▷▷▷▷▷▷▷▷▷▷▷▷▷▷

さらに、〈鉄鉱石〉と〈猛毒液〉を材料に〈猛毒ナイフ〉を作っておく。
これもできるだけ作っておこう。
あと、他にもこんなおもしろいものを作った。

◁◁◁◁◁◁◁◁◁◁◁◁◁◁
〈加工〉に成功しました。
〈閃光筒《せんこう》〉を入手しました。
▷▷▷▷▷▷▷▷▷▷▷▷▷▷

〈閃光筒〉は〈雷光石《らいこう》〉と〈固い実〉を材料に作ることができる。
投げると、目映《まばゆ》い光が放たれて相手の目をくらますことができる。
逃げるときにも使えるし、役に立つ場面は多そうだ。
さて、ここでできることは一通りやったことだし、次の場所に向かおうか。

◆

日が落ちて、辺りは真っ暗になった。

「フィーニャ、夜目は利くか？」

「まぁ、おぬしよりは見えると思うが」

「そうか、なら、誘導を頼む」

暗闇の中を進むのは非常に危険だ。

明かりをつければ、多少視界は改善されるが、自分がいる位置を誰にも知られたくないため、あえて明かりはつけずに、フィーニャの誘導と、月明かりを頼りに進んでいく。

「そもそも、わざわざ夜中に行動するのはなぜなんじゃ？」

「この時間なら鋼鱗竜《アセーロドラゴン》は寝ているだろ」

ドラゴンのような食物連鎖の頂点にいるようなモンスターは基本、昼に活動する。

逆に、ドラゴンに捕食されてしまうようなモンスターは昼は隠れて過ごし、夜に活発に活動する夜行性が多い。

そんなわけで、ドラゴンが寝ているであろう夜にこうして活動しているわけだ。

「ひとまず、ここ一帯には〈地雷〉を埋めていく。踏まないよう気をつけろよ」

「うむ、了解したのじゃ！」

そういうわけで、スコップで土を掘りながら〈地雷〉を埋めていく。

もちろん、罠《わな》は他にもたくさん用意してある。

それら全てを準備し終えた頃には、もう朝日が昇っていた。

◆

「それじゃ、ここからは手を出すなよ」

「わかっておる。わらわはなにも手を出さない」

フィーニャの了承も得たことだし、ここからは一人で行動する。

「さーてっ、始めますかっ！」

双眼鏡のはるか先には、寝そべっている鋼鱗竜《アセーロドラゴン》の姿が。

鋼鱗竜《アセーロドラゴン》は鱗がすべて鋼でできているため、非常に防御力に優れている。反面、体は重く、足は遅い。

さらに、翼はあるが、体が重たすぎて飛ぶことはできない。

まさに、俺が狩るのにうってつけのモンスターだ。

まず、最初は弓矢。

ということで、左手で弓を引いて放す。

すると、矢がモンスターの頭部に直撃した。

『ダンまち』大森藤ノが贈る
もう一つのダンジョンファンタジー
最新刊!!
杖と剣のウィストリア
Wistoria's Wand and Sword
原作／大森藤ノ　作画／青井 聖
KODANSHA

……ウィル・セルフォルト
『境界祭編《テルミナリア》』フィナーレ！
&新章突入!!
卒業を迎えた学院生達
単位が足りないウィルは——
コルドロンの遊《あそ》びも
もう終《お》わりだ
最新第8巻 絶賛発売中!!

「ウゴォオオオオオオオオオオオオオッッッ！！！」

耳をつんざくような咆哮《ほうこう》。

ただ唸《うな》るだけで砂埃《すなぼこり》は舞い、地面は揺れる。

「いいねぇ！　やっぱ狩りはこうでなくちゃ！」

俺を敵として認識した鋼鱗竜《アセーロドラゴン》がこっちに迫ってくる。

「さて、それじゃあ逃げますか」

〈操糸の指輪〉を用いて、素早く離れる。とはいえ、離れすぎて見失ってもらっても困る。

一定の距離を保ちながら、俺はモンスターを誘導した。

ちゃんとついてきているな。

ちらり、と後ろを見ながら様子をうかがう。


そして、立ち止まった。

その上、鋼鱗竜《アセーロドラゴン》のほうを振り向いて手招きする。

「さぁ、ここまで来い」

「グゴォオオオオオオオオオオオオオオッッッ！！！」

挑発されたと思ったのか、鋼鱗竜《アセーロドラゴン》は呻《うめ》き声をあげて、猪突猛進《ちょとつもうしん》で俺のほうへ突っ込んで来た。

その瞬間、モンスターの足下が爆発する。

「いひっ、ようこそいらっしゃいました！　こちらは、地雷原でございます！」

この辺りには、大量の〈地雷〉を埋めてある。

鋼鱗竜《アセーロドラゴン》のような巨大なモンスターが地雷をさけて歩くことは不可能。

ちなみに、俺は埋めた場所を全部覚えているから、自分が踏む心配はない。

「おいおい、立ち止まるなよ。立ち止まるんだったら、狙わせてもらうぜ」

〈地雷〉の存在に気がついた鋼鱗竜《アセーロドラゴン》が警戒してか立ち止まる。

だったら、弓矢の的にさせてもらうだけだ。

使っている矢は〈猛毒矢〉のため、攻撃力の低い俺でも決して無視できない毒のダメージを与えることができる。

ちなみに、鋼鱗竜《アセーロドラゴン》の毒耐性が低いことはすでに『ゲーム』にて確認済み。

「おい、だからって、そっちによけるなよ。そっちも〈地雷〉だらけだぜ」

ドガンッ、と音が鳴り響く。

鋼鱗竜《アセーロドラゴン》が〈地雷〉を踏んだのが原因だ。

「クゴォオオオッッ!!」

怒り狂った鋼鱗竜《アセーロドラゴン》が今度は、俺のいる方へ突進する。〈地雷〉があろうが気にしないとでも言いたいのか、足下が爆発しても気にせずここまで突っ込んでこようとする。

「さて、緊急回避っと」

俺には〈操糸の指輪〉がある。

これがあれば、糸を真後ろに粘着させてから糸を引くことで自分の体を粘着させた場所まで一瞬で移動させることができる。

それでも、鋼鱗竜《アセーロドラゴン》は強力な脚力で俺のいる場所まで、一気に移動してくる。

「まっ、そこには落とし穴があるんだけど」

目の前で鋼鱗竜《アセーロドラゴン》は落とし穴にはまって、姿勢を崩していた。

そう、落とし穴のあるここまで鋼鱗竜《アセーロドラゴン》をわざわざ誘導したわけだ。

「そして、仕上げはこれだ」

そう言って、俺は横にピンと伸びている糸をナイフで切る。

その瞬間、鋼鱗竜《アセーロドラゴン》の頭上には落下中の〈巨大爆弾〉が。

あらかじめ、木の上に糸を切れば落ちるように〈巨大爆弾〉を設置しておいたというわけだ。

「さぁて、俺も急いで逃げないと巻き込まれてしまうぞッ!!」

〈巨大爆弾〉は強い衝撃を加えることで、周囲一帯を焼き尽くす。

なので、近くにいる俺も巻き込まれる対象だ。

〈操糸の指輪〉を使って、できるかぎり遠くへ逃げる。

それと同時に、ドガンッッ!!　という耳をつんざくような爆発音が響いた。

「うおっと」

風上から焼け焦げた匂いがする。

もう少し逃げるのが遅かったら、巻き込まれていたな。

「やったか……？」

〈巨大爆弾〉が鋼鱗竜《アセーロドラゴン》に直撃したのは、見なくてもわかる。

〈巨大爆弾〉の威力は絶大。

これで倒せてしまってもおかしくはないだろう。

爆弾による煙のせいで、すぐにはどうなったか判別できない。

そんな中——。

「グゴォオオオオオオオオオオオオオオオオッッッ‼」

という雄叫びが聞こえた。

「あははっ」

自然と笑いが零れた。

煙の中から現れたのは、高くそびえ立つ鋼鱗竜《アセーロドラゴン》の姿だったからだ。

「そうでなくちゃっ‼　こんなのでへばってしまったら、残念で仕方がないところだったよ！　これからが、楽しいっていうのにさぁ！　さぁ、俺と一緒にさいこーっのパーティーを始めようぜ‼」

楽しい時間の始まりだ。

鋼鱗竜《アセーロドラゴン》の鱗は爆弾のせいで剝がれ落ち、内面が露出している。鋼鱗竜《アセーロドラゴン》はその鱗のおかげで、高い防御力を維持している。

鱗が剝がれ落ちた今なら、防御力は大幅に低下しているわけだが、そもそも俺自身の攻撃力が尋常じゃなく低いため、戦況に大きな変化はないだろう。

とはいえ、〈地雷〉や〈巨大爆弾〉はまだ至る所に設置してある。

多少は警戒されるだろうが、鋼鱗竜《アセーロドラゴン》が俺を狙い続ける限り、罠を設置している場所に誘導することができる。

「クガァアアアアアアアアアッッッ‼」

高くジャンプした鋼鱗竜《アセーロドラゴン》が俺のところまで急降下してくる。極力、〈地雷〉があるかもしれない地面を踏まないようにっていう考えだろう。

とはいえ、こちらには〈操糸の指輪〉がある。

避けるのはお手の物だ。

〈操糸の指輪〉から発した糸を遠くに飛ばして粘着させ、体をその地点まで引き寄せる。

「ついでに、爆弾をプレゼント」

移動しながら〈手投げ爆弾〉をほいっと投げて、鋼鱗竜《アセーロドラゴン》に当てる。

鋼鱗竜《アセーロドラゴン》は一瞬怯《ひる》むが、それでも俺に果敢に飛び込んでくる。

だから、再び〈操糸の指輪〉を使って、避けては〈手投げ爆弾〉を投げて、攻撃。

よしっ、いい感じだ。

もう少し誘導すれば、次の罠を設置しているポイントまで辿《たど》り着くことができる。

「ん？」

そう言葉を紡いだのは理由があった。

鋼鱗竜《アセーロドラゴン》が俺に突っ込んでこなかったのだ。鋼鱗竜《アセーロドラゴン》は獰猛《どうもう》なモンスターとして知られ、冒険者を見れば執拗《しつよう》に攻めてくるモンスターだ。

そのモンスターが俺に突っ込んでこなかった。

いや、それどころか。

俺に対し、背を向けて逃げていた。

「まずいっ」

確かに、モンスターは冒険者に敵わないと判断したら、逃げるという選択をとることがある。

とはいえ、簡単に逃すつもりはない。

俺は追いかけようとするが――。

バサッ。鋼鱗竜《アセーロドラゴン》は翼を広げ、崖から飛び降りたのだ。鋼鱗竜《アセーロドラゴン》は体が重く空を飛ぶことはできない。だが、滑空することは可能だ。

だから、崖から落ちても滑空することで安全に着地することができる。

「くそっ」

流石に、この崖を飛び降りるのは難しい。

遠回りをする必要があるため、俺の足では追いつけないか。

「フィーニャッッッ!!」

だから、俺は真上を向いて叫んだ。

「呼んだか、主様」

数十秒後、狐の姿をしたフィーニャが俺の前に姿を現す。

「逃げられた。だから、お前の力が必要だ。俺を標的のところまで運んでくれ。匂いで追うことはできるだろ？」

「あぁ、おぬしに言われずともその程度造作もない。ほれ、わらわの背中に乗るが良い。すぐに、追いついてやる」

そういうことなので、フィーニャの背中に乗って、すぐに移動を開始する。

「それで、標的を無事倒すことはできそうなのか？」

移動中、フィーニャがそう話しかけてきた。

「正直、厳しくなった」

「むっ、おぬしが弱音を吐くとは珍しいのう。遠くから、戦っている様子を見させてもらったが、おぬしが終始圧倒しているように思えたがの」

確かに、鋼鱗竜《アセーロドラゴン》との戦いは今まで順調だった。

しかし、これからはそうもいかなくなる可能性がある。

「鋼鱗竜《アセーロドラゴン》は遠くに移動してしまったからな。流石に、その地点には〈地雷〉も〈巨大爆弾〉も仕掛けていない」

「だったら、新しく仕掛ければいいだろ」

確かに、フィーニャの言うとおり、〈アイテムボックス〉の中には余っている〈地雷〉と〈巨大爆弾〉がある。

だから、再び仕掛けることも可能だが。

「新しく仕掛けても意味がない可能性が高い」

「それは、なぜじゃ……？」

「俺の罠を使った戦術は、モンスターが俺に対して突っ込んでくるという前提があるから成り立つ、ってのはわかるか？」

「ふむ、確かに、〈地雷〉にせよ設置した〈巨大爆弾〉にせよ、おぬし自身を囮《おとり》にすることで、敵の動きを誘導するからうまく嵌《は》めることができるのかもしれぬな」

「あぁ、だけど、鋼鱗竜《アセーロドラゴン》は俺に対して逃げるという選択をとった。それをされると、罠に誘導することはできない」

鋼鱗竜《アセーロドラゴン》は俺を警戒して、逃げることを選んだ。

そして、それは今後鋼鱗竜《アセーロドラゴン》と直接対面しても、俺に突っ込まず逃げるという選択をとられる可能性があるというわけだ。

「だったら、おぬしの得意な弓矢を使うか、〈手投げ爆弾〉を投げればいいんじゃないのか？」

確かに、罠なんて回りくどいことをしなくても、弓矢と〈手投げ爆弾〉があれば攻撃することは可能だ。

だが、それには大きな問題がある。

「弓矢も〈手投げ爆弾〉も攻撃力が貧弱だ。日の入りまでに倒せないかもしれない」

これからは逃げる鋼鱗竜《アセーロドラゴン》を追いながら戦うことになるだろう。そうなれば、こちらの攻撃できる機会もぐっと減る。

そうなれば、低いダメージを与えることしかできない俺では日の入りまでに倒すのが難しい。

「夜になる前に倒せなかったら、今回の討伐が失敗なのは理解できるよな？」

「そうじゃのう、夜に戦うのは危険じゃからのう」

フィーニャがそう言って頷《うなず》く。

そう、夜というのは危険だ。

まず夜になると、俺自身がなにも見えなくなる。

そんな中、モンスターと戦うのは非常に危険だ。

とはいえ、なにも見えないなら、松明《たいまつ》を使えば明るさに関しては改善されるが、明かりを手に持つということは、他のモンスターを引き寄せる可能性が高くなるというわけだ。

俺が鋼鱗竜《アセーロドラゴン》と戦っている間に別のモンスターに乱入されたら、倒すどころではなくなってしまう。

まぁ、それ以前に夜になっても戦うほど、俺の体力がもたないという問題もあるんだがな。

「つまり、おぬしは詰んだということじゃな」

「なんで、嬉《うれ》しそうなんだよ」

「おぬし一人の力で倒せなくても、わらわと協力すれば倒すことが可能じゃ。それには、わらわと契約する必要がある。ほれ、今すぐわらわと契約しろ」

「嫌だ」

「むっ、おぬしも強情よのう。おぬしと結婚する女はさぞ苦労するに違いない」

「随分とひどい言い草だな」

「事実じゃろうに」

と、会話に一区切りついたと同時、遠くに鋼鱗竜《アセーロドラゴン》を視認する。

なので、フィーニャは立ち止まり、俺は背中から飛び降りる。

「それで、わらわと契約しないということは、アレを倒せる手はずがおぬしにあるってことでいいのよな？」

「あぁ、そういうことだ。だから、お前はそこで大人しく見ておけ」

そう言うと、フィーニャは笑って、俺の邪魔をしないようにと、遠くへと去って行った。


「会いたかったぜぇぇえええ‼」

鋼鱗竜《アセーロドラゴン》を前にした俺はそう叫んでは〈操糸の指輪〉を用いて突撃する。

それを見ていたモンスターは反撃すべく、体をしならせて構えをとる。

このまま攻撃をすれば、反撃を受けるのは必至。

だから、〈操糸の指輪〉を使って軽快に回避しつつ、攻撃。

「まったくダメージが入らないや！」

今のままだとダメージが入らずジリ貧になっていき、いずれは敗北する。

ならば、この状況を打破するには新しいスキルが必要だよなぁ！


◁◁◁◁◁◁◁◁◁◁◁◁◁◁◁◁◁◁◁◁◁

SP28を消費して〈クリティカル攻撃発生（物理）LV1〉を獲得しました。
▷▷▷▷▷▷▷▷▷▷▷▷▷▷▷

〈クリティカル攻撃発生（物理）〉とは、その言葉通り物理攻撃をしたとき、まれにクリティカル攻撃が発生するというものだ。

ちなみにクリティカル攻撃というのは、まれにダメージが上昇する攻撃のこと。

本来は剣士系統のジョブに存在するスキルのため、剣士系統のジョブなら、このスキルはわずか2ポイント支払うのみで手に入れることができる。

対して、俺は〈錬金術師〉のため28ポイントも支払う必要があるというわけだ。

「さてと、クリティカル攻撃は発生するかな！」

そう言って、鋼鱗竜《アセーロドラゴン》の攻撃をかわしつつ、毒属性を付与したナイフで切り裂く。

すると、鋼鱗竜《アセーロドラゴン》の体がビクリと仰け反った。

この反応、どうやら運良くクリティカルを引いたらしい。

ただし、元の攻撃力が低すぎるせいで、クリティカル攻撃が発生したとしても大したダメージにはなっていないな。

仕方がない。

「〈猛毒液〉」

そう口にして、〈アイテムボックス〉から〈猛毒液〉を取り出し、それを自分の口に含んだ。

「きひっ、毒状態になっちゃった」

毒を含めば、当然その毒が自分の体を苛《さいな》んでいく。

具体的な効果としては、HPが徐々に削れていき、体も思うように動かなくなるというものだ。

とはいえ、意味もなく毒状態になったわけではない。

「それじゃあ、新しいスキルを獲得しますか」

◁◁◁◁◁◁◁◁◁◁◁◁◁◁◁
SP84を消費して、〈苛辣毒刃《からつどくじん》LV1〉を獲得しました。
▷▷▷▷▷▷▷▷▷▷▷▷▷▷▷

毒状態のときのみ獲得できるスキル。

その効果は毒状態のとき、クリティカル攻撃の威力が大幅に上昇するというもの。

そして、獲得するスキルはこれで終わりではない。

◁◁◁◁◁◁◁◁◁◁◁◁◁◁◁
SP98を消費して、〈終焉《しゅうえん》の篝火《かがりび》LV1〉を獲得しました。
▷▷▷▷▷▷▷▷▷▷▷▷▷▷▷

その効果は、ＨＰが三十パーセント以下になったとき、クリティカル攻撃の威力が倍増するというもの。

〈苛辣毒刃《からつどくじん》〉と〈終焉《しゅうえん》の篝火《かがりび》〉、この二つはどちらもクリティカル攻撃が上昇するというもの。

そして、この二つのスキルの効果は重複するため、二つのスキルが組み合わさることでクリティカル攻撃の威力がとんでもなく増強されるというわけだ。

まぁ、どっちもデメリットがあるのが痛いんだけど。

「きひひっ、そろそろＨＰが三十パーセント切るな」

さて、ここからが本番だ。

ＨＰが0になる前に、クリティカル攻撃が発生すれば倒せるに違いない。

だから、何度も攻撃をする必要がある。

「さぁ、クリティカル攻撃を引くのと、俺が死ぬのとどっちが先か勝負だ」

クリティカル攻撃を引く確率って、どのくらいだっけ？

確か、三パーセントとかだったような気がする。

「外れ！　外れ！　外れ！　外れ！　外れ！　外れ！　外れ！」

ナイフで切り裂きながら、そう言葉を吐く。

さっきから攻撃してもダメージが全く入っていない。クリティカル攻撃が発生していない証拠だ。

その間も、鋼鱗竜《アセーロドラゴン》の怒濤《どとう》の攻撃が繰り広げられる。それらをすべてかわしつつ、クリティカル攻撃を引くまで攻撃を続ける。

やばい、そろそろ現界だ。毒のダメージもきついが体力もそろそろ尽きそうだ。

「もう、この攻撃で最後だぁあああああ！」

叫びながら、渾身《こんしん》の一撃を食らわせる。

瞬間、ドヒュ――――ッッ!! と、血しぶきが吹く大きな音が響いた。

「当たったッッ！」

攻撃を受けた鋼鱗竜《アセーロドラゴン》は巨大な体を後ろに仰け反らせて、その体勢のまま吹き飛ばされる。

そして、吹き飛ばされた鋼鱗竜《アセーロドラゴン》はそのまま動かなくなった。

◁◁◁◁◁◁◁◁◁◁◁◁◁◁◁◁◁
経験値を獲得しました。
レベル上昇に伴う経験値を獲得しましたが、〈呪いの腕輪〉の影響で、レベル1に固定されました。
ＳＰを獲得しました。
▷▷▷▷▷▷▷▷▷▷▷▷▷▷▷▷▷

というメッセージウィンドウが流れる。

どうやら無事討伐に成功したようだ。


「ふぅ」

討伐できたとわかった瞬間、息を大きく吐く。

「あれ――？」

ガクリ、と体が真横に倒れる。

なるほど、無意識に倒れてしまうほどに限界が来ていたようだ。まぁ、自分で毒を飲んだことだし、疲労がくるのは当たり前か。

「おい、大丈夫か⁉」

慌てた様子でフィーニャが駆け寄ってきた。

「大丈夫じゃない。このままだと毒で死んでしまう」

「なんだと⁉　おい、どうすればいいのじゃ⁉」

なぜか、フィーニャのほうが慌てふためいている。

まぁ、俺のほうは慌てるだけの体力が残ってないだけなんだが。

「えっと、〈解毒剤〉が〈アイテムボックス〉に入っていたはず」

とか言いながら、〈解毒剤〉を〈アイテムボックス〉から取り出す。この〈解毒剤〉はフィーニャと協力して作ったものだ。

あっ、うまく手に力が入らない。

そのせいか手から〈解毒剤〉を落としてしまった。

「フィーニャ、悪いが飲ませてくれないか」

「お、おうっ、わかったのじゃ」

そう返事をすると、フィーニャは人の姿になり、俺の体を仰向けにする。その際、俺の頭を膝に乗せていた。

その上で、そーっと〈解毒剤〉を口の中に流し込んでくれた。

「これで大丈夫なんじゃろうな⁉」

まだ不安を拭えないようでフィーニャは焦っていた。

「多分、大丈夫なはず……」

そう言葉を紡いだと同時、俺の意識は暗転した。


「うぐっ」

目を覚ます。

あぁ、どうやら気絶してしまったらしい。

「うおっ！　やっと目が覚めたか！　心配したぞ！」

目が覚めると同時に、フィーニャが勢いよく抱きついてくる。

どうやら心配をかけたらしい。

「離れろ」

そう言って、くっついたフィーニャを引き剝がす。

「わらわは大層心配したのに、随分と冷たいじゃないか」

「心配してくれ、なんて頼んだ覚えはない」

「むっ、わらわとおぬしは一心同体の関係じゃ。心配するのは当然であろう」

「そんな関係になった覚えはないんだが」

「まぁ、そう言っていられるのも今のうちじゃ。そのうち、おぬしのほうからわらわのことを求めるようになるはずじゃ」

「天地がひっくり返ってもありえねーよ」

とか言いつつ、周囲を見回す。

「どこだ、ここ？」

「以前も使った洞穴じゃ」

「あぁ、あの……」

俺たちはフィーニャと初めて出会った洞穴にいるようだ。

確かにここなら他のモンスターに出会う心配もないため安全だ。

「そうだ、あれも一応持ってきたぞ。中に入らなかったから外に置いてあるが」

と言われて、外に出ると鋼鱗竜《アセーロドラゴン》の死骸が置いてあった。放っておくと、他のモンスターに食べられてしまう可能性があるため、こうして持ってきてくれたのは非常にありがたい。

「そっか。ありがとうな、フィーニャ」

なので、お礼を言いつつ頭をなでる。

「おい、わらわを子供扱いするな！」

と言って、頭に置いた手を払いのけられた。

「どう見ても子供だろ」

「わらわはこう見えておぬしよりずっと年上じゃぞ！」

まぁ、フィーニャの正体はモンスターだし。見た目と年齢が不一致でも不思議ではないか。

「そっか、それは失礼した。ついでに、何歳なんだ？」

「むっ、乙女に年齢を聞くとは。失礼なやつじゃな」

めんどくさっ。

人外のくせになにが乙女だよ。

「おい、なにをする！　髪が乱れるだろ！」

腹が立ったので頭を強くなで回してやった。

さてと、気が済んだことだし、鋼鱗竜《アセーロドラゴン》を〈アイテムボックス〉に収納して、帰り支度を始めた。

◆

「ユレン殿、大変申し訳ないが、少々ごたついていてまだユレン殿の素材を換金することはできないのです」

いつも通り冒険者ギルドに行って、カウンターにて素材の換金をお願いしようとしたら、裏からギルドマスターが出てきてそう口にした。

俺がレベル１であるにも拘《かか》わらず、高レベルのモンスターの素材を換金しに持ってくるため、誰かから素材を奪ったんじゃないかと疑われているわけだ。

とはいえ、決闘で俺の実力も見せたし素材が奪われたという被害も出てないということで、すぐに疑いは晴れるという話だったのだが。

「随分と時間がかかっているんですね」

以前会ったときには、「明日にはなんとかなる」とギルドマスターが言っていたと思うので、そんなことを口にしてしまう。

「ええ、申し訳ありません」

「いえ、仕方がないですね」

と、ギルドマスターは申し訳なさそうに頭を下げるため、これ以上責める気にはなれなかった。

「ときにユレン殿、一つ尋ねてもよろしいですか？」

「なんでしょうか」

「メルカデル伯爵様となにかご関係がおありですか？」

関係もなにもメルカデル伯爵とは俺の父親のことだ。まぁ、すでに実家を追放されたので、もう関係ないと思いたいが。

「いえ、心当たりはありませんね。そのメルカデル伯爵様が今回の件になにか関わっているんでしょうか？」

「あぁ、あまり公の場では申し上げにくいのですが、メルカデル伯爵様がどうもユレン殿のことを強く疑っているようなのです」

あぁ、なるほど、そういうことか。

ギルドマスターは以前、上の者と相談すると言っていた。その中に、父親が含まれていたというわけだ。

そして、父親の圧力のせいで、俺は冒険者ギルドで素材を換金するのが難しくなったという筋道だろう。

「事情はわかりました。その上で、今回もモンスターの素材を持ってきたのですが、預かってもらうことはできますか？　疑いが晴れたら、改めて換金してもらうということで」

「ええ、構いません。それでは預からせてもらいます。おい、エレーナ」

「はい、なんでしょう？」

ギルドマスターに呼ばれてやってきたのは、以前も応対してくれたことがある受付嬢だった。エレーナという名前だったらしい。

「ユレン殿が素材を持ってきたということだから、預かるための手続きをしてくれ」

「はい、わかりました！」

そう言って、エレーナが俺のほうを見る。

「今度はどんなモンスターを出しても驚かないですからね！」

一体、なんの宣言だよ、と思いながら〈アイテムボックス〉から鋼鱗竜《アセーロドラゴン》の死骸を出した。

「えぇえええええええええ⁉　あ、あの鋼鱗竜《アセーロドラゴン》じゃないですか⁉」

そして、エレーナは驚いていた。

「ちょ、どういうことですか⁉　あの鋼鱗竜《アセーロドラゴン》をあなたが討伐したということですか⁉」

「まぁ、そういうことになるな」

「あり得ないですよっ⁉　やっぱりこの人、他の人から素材を奪っているんじゃ――」

「これ、そういうことを確証もないのに言うんじゃない！」

「ごめんなさいっ！」

パシン、とエレーナがギルドマスターにはたかれていた。

「それでは、責任をもって預からせてもらいます」

そんなわけで、鋼鱗竜《アセーロドラゴン》の素材をギルドへ渡した。

にしても、父親が関与してきたとなると、少し厄介なことになるかもな。

◆

「それにしても、このまま換金できないのは面倒だな」

宿屋の一室で、ぼそりと言葉を吐く。

「なにか厄介ごとに巻き込まれているみたいじゃのう」

「んー、どうやら父親が俺の邪魔をしているみたいなんだよなー」

「父親だと？」

そういえば、フィーニャには俺が実家を勘当されたことは説明してなかったな。

なので、簡潔に説明する。

「なるほどのう、おぬしも随分と辛い目にあったのじゃなぁ」

と、フィーニャが同情の眼差しを向けてきた。

「は？　なにが？」

「実家を追放されたのじゃろ。ならば、辛いじゃないか」

「いや、追放されてむしろラッキーだと思っているんだが。好き勝手できるから」

「おぬしはやっぱり普通ではないな……」

なぜかフィーニャに呆《あき》れられた。

「それで、このままだとマズいのだろう。どうするつもりなんじゃ？」

「すぐに、どうこうするつもりはないかな。時間が解決してくれればいいんだが」

別に、なにか良い方法が思いつくわけでもないし。

今手元にあるお金だけでも食べていくだけなら数ヵ月はなんとかなりそうだし、慌てる必要もないだろう。

◆

「なに？　ユレンがまた高レベルモンスターをギルドに持ってきただと？」

メルカデル邸にて、メルカデル伯爵家当主でありユレンの父親でもあるエルンスト・メルカデルは使用人の報告に眉をひそめていた。

「それで、なにか証拠は見つかったのか？」

「それが、まだ……」

「くそっ」

エルンストはそう言って拳で机を叩《たた》く。

「いいか、あのユレンは〈錬金術師〉なんだぞ！　その〈錬金術師〉がモンスターを狩れるはずがない。なにか裏があるはずだ！」

「ええ、おっしゃることはごもっともかと」

「いいか、徹底的にやつのことを調べろ！　どこかに証拠があるはずだ！」

「はっ」

使用人は頷くと部屋から出て行った。

それを見て、エルンストは「ふぅ」とため息を吐きながら椅子に座る。

すると、トントンと扉がノックされると同時に、扉が開く。

使用人と入れ替わるように部屋に入ってきたのは息子のイマノルだった。

「お父様、報告があります」

「おぉっ、イマノル。どうした？」

「レベルがまた上がりました」

「そうか、そうか。お前はこの俺の誇りだ」

イマノルが〈剣聖〉になってから、ずっと効率的なレベル上げをさせていた。

その方法とは、強い冒険者と組ませてレベルの高いモンスターを狩るというものだ。

パワーレベリングと呼ばれるこの方法は貴族でないと実践するのが難しい。というのも、強い冒険者からすれば、わざわざ弱い冒険者と組むメリットが一切ない。だが、貴族なら高い報酬を出すことで、強い冒険者を納得させることができるというわけだ。

「そういえば、小耳に挟んだんですが、ユレンが隠れてなにかしているようですね」

「ふんっ、あんなゴミくずのことにお前が頭を悩ませる必要はない」

「……そうですか」

「お前は今できることに励め。お前はこの家の次期当主なんだからな」

「わかりました、お父様」

「よしっ」

そして、イマノルは部屋を退出していった。

「ユレンめ。実家を追放してもなおこの俺の手を煩わせるとはな」

そう言って、エルンストはほくそ笑む。

「必ずこの手で悪事を暴いてみせる。呑気《のんき》にしていられるのも今のうちだぞ、ユレン」

「うまいのー！」

翌日、フィーニャと共にお昼を食べるべく、レストランに向かった。

そこでフィーニャはパスタをおいしそうに頬張っている。

「もっと、ゆっくり食え」

「むーっ、こんなおいしいもの初めて食べるからなー。つい、急いで食べてしまったのう」

まぁ、モンスターとして暮らしていたフィーニャにとっては、調理された食べ物を食べる機会はそんなになかったに違いない。

「あと、食べている最中に話すな。口の中見せられるこっちの気にもなれ」

「むっ、それはすまぬ」

そう言ったフィーニャは黙って咀嚼《そしゃく》し始める。そして、食べてたものを飲み込むと口をあけた。

「なー、ユレンは次はなにを狩る予定なのだー？」

「そうだな……。今、モンスターを狩っても換金してもらえないからな」

お金のために冒険者をやっているわけではないが、お金がなければ生活を続けていくのは厳しい。やはり衣食住に困らない程度を稼ぐ必要はどうしてもある。

「ダンジョンにでも行くか」

「おーっ、ダンジョンか」

とはいえ、この町にはダンジョンがない。確か、隣町まで行けばダンジョンがあったはず。隣町までは遠いが、今はフィーニャの足があるし、行くのはそう苦労しないはず。それに、隣町にまで俺の情報が出回っているとは思えないし、それなら問題なく換金もできるはずだ。

と、そこまで頭の中で考えがまとまったとき――。

ドドドッ、と地面が揺れた。

「おい、この揺れは一体なんじゃ⁉」

驚いたフィーニャが慌てる。

「落ち着け」

そう言いつつ、周囲を警戒する。この程度の揺れなら建物が倒壊する心配もなさそうだ。

その読みは当たり、間もなく揺れが収まる。

「地震とは随分と珍しいのう」

「そうだな」

と、言って何事もなかったかのように食事に戻る。

そして、食べ終わってからフィーニャと共に、レストランを出た。

「おい、新しいダンジョンができたみたいだぞ！」

と、叫びながら走っている男性がいた。

新しいダンジョンだと！

そうか、さっきの揺れはダンジョンが新しくできた際に起こったものだったのか。

「急ぐぞフィーニャ！」

そう言うや否や走り出す。恐らく、男性が走ってきた方向にダンジョンがあるはず。

「待つのじゃ！　食後だから、走るのが辛いのだ！」

文句を言いつつもフィーニャはしっかりついてきていた。

町の外れに、大きな神殿のような建物が建っていた。

その周りには、人だかりができており、たくさんの見物人がいた。

これが新しくできたダンジョンなんだろう。

人だかりをなんとか押しのけて前に進む。すると、ダンジョンの入り口らしきところに出た。

入り口を見つけた俺は間髪入れずに中に入ろうとする。

「おい、なに勝手に入ろうとしてるんだ？」

腕で行く手を遮られた。

顔を上げると、そこにいたのは以前決闘した〈大剣使い〉のジョナスだった。

「中に入りたいんだが」

「ダメに決まっているだろ。新しくできたダンジョンがどれほど危険なのか、まだわからないんだ。そう易々と中に人を入れるわけにいかない」

ちっ、危険だからこそ中に入りたいんだよ。

「どうやったら、中に入れる？」

「あぁ、そうだな。恐らく、明日には調査隊が組まれる。それで危険なダンジョンでないとわかれば、中に入れると思うぜ」

なるほどな。

ダンジョンというのは、レベルに見合ってない冒険者が勝手に入っていかないように、入り口で制限がかけられている。

もし、難易度がそこまで高くないダンジョンだとわかったなら、レベル1の俺でも入ることができるというわけか。

しかし、それだとつまらないな。

難易度がわからないダンジョンに潜る経験なんて滅多に味わえない。

どんなモンスターが出現するかわからない以上、あらゆる事態に備える必要がある。その上で慎重に攻略する。

それは非常にそそる案件だ。

「俺も調査隊に入れてもらいたいんだが」

「おいおい、新人のお前が調査隊に選ばれるわけがないだろ。おいっ、だからって、無理矢理入ろうとするな」

「ちっ」

ジョナスを押しのけて中に入ろうとしたが、俺の力では歯が立たなかった。

「はぁ、お前は本当に戦うのが好きみたいだな」

呆《あき》れた様子で、ジョナスがそう言う。

「明日、冒険者ギルドで調査隊員を募る予定だ。強く希望すれば、入れるかもしれないぞ」

「そうか、情報ありがとう」

ここで押し問答しても仕方がないので、大人しく引き下がる。

しかし、未知のダンジョンか。

楽しみになってきたな。

そうと決まれば、明日に備えて準備をしようか。

◆

フィーニャに乗せてもらったおかげで、俺たちは森へ短時間で行くことができた。

森にきた理由は明日のダンジョン攻略に向けて、あるものを準備するためだ。

「フィーニャありがとう。やっぱ、お前の足は便利だな」

「ふふんっ、この程度わらわにとっては造作もないことよ」

と、フィーニャは自慢げに鼻を高くしている。

たまに褒めたらすぐに調子にのるな、こいつ。

「おー、すごい、すごい」

「むっ、おぬし、わらわのことをバカにしてないか?」

よくわかったな。

さて、そんなことよりも今のステータスを確認してみるか。

◁◁◁◁◁◁◁◁◁◁◁◁◁◁◁

〈ユレン・メルカデル〉

ジョブ：錬金術師
レベル：１
ＨＰ：１００
ＭＰ：１００
攻撃力：45
防御力：55
魔法力：１２０

スキル：〈加工ＬＶ５〉〈鑑定ＬＶ３〉〈調合ＬＶ４〉〈エイムアシストＬＶ１〉
〈アイテムボックスＬＶ１〉〈アイテム切り替え〉
〈魔力感知ＬＶ１〉〈魔力操作ＬＶ２〉〈魔導具生成ＬＶ４〉
〈クリティカル攻撃発生（物理）ＬＶ１〉〈苛辣毒刃《からつどくじん》ＬＶ１〉〈終焉《しゅうえん》の篝《かがり》火《び》ＬＶ１〉

ＳＰ：３０２

▷▷▷▷▷▷▷▷▷▷▷▷▷▷▷▷▷▷▷▷

「おー、やはりおぬしのレベルは1なんじゃな」

横からのぞき見たフィーニャがそう言う。

おい、人のステータスを勝手に見るなよ。失礼だろ、とか頭で思うが、俺は優しいので口には出さなかった。

「鋼鱗竜《アセーロドラゴン》を倒したおかげでＳＰが３０２もあるな」

これだけＳＰがあれば、いろんなスキルを取得できそうだ。

「なんのスキルを取得するのだ？」

「考え中。あぁ、でも一つは決めてあるな」

そう口にしながら、ステータス画面を指で弄る。


◁◁◁◁◁◁◁◁◁◁◁◁◁◁◁◁◁◁◁◁

ＳＰ16を消費して〈調合ＬＶ５〉にレベルアップさせました。

▷▷▷▷▷▷▷▷▷▷▷▷▷▷▷▷▷▷▷▷

〈調合〉をレベル５に上げる。

「なぜ、わざわざ〈調合〉をレベル5にするのじゃ？」

「レベル5になると〈上級ポーション〉を作れる確率がめちゃくちゃ高くなるからな」

「ほう、そうなのか」

大量の薬草に〈調合〉を使うとまれに〈上級ポーション〉が作れる。レベル5だとレベルが4だった頃に比べてその確率は、それなりに高くなる。

「それじゃあ、薬草の採取をするぞ。フィーニャも手伝え」

「了解した。わらわに任せろ」

それから俺たちは森を散策して薬草の採取を始めた。

俺の持っているレベル3の〈鑑定〉は採取物を〈鑑定〉できるというスキルだ。

なので、このスキルを用いることで比較的容易に薬草を採取できるが、フィーニャは手探りで探す必要があるので苦労していた。

「よしっ、こんなもんだな」

数時間後には、両手に山盛りとなった薬草を抱えていた。

「わらわはこれしか見つけることができなかった……」

フィーニャが手にしていたのは片手に収まる程度の薬草だった。

あまり成果を得られなかったと思っているのか、どこか落ち込んでいる。

「それだけ採取できたら十分だろ」

「だが、おぬしはわらわとは比べられないほど見つけたというのに」

「俺にはスキルがあるからな。どうしたって差が出るのは仕方がない。むしろ、スキルがないのに、これだけ手に入れてくれたフィーニャがすごいんだよ」

「だが、わらわはもっとおぬしの役に立ちたいのじゃ」

「その気持ちだけで十分だ」

そう言って、フィーニャの頭をなでる。

なでられたフィーニャはされるがままに受け入れていた。

「今日のおぬし、いつもより優しいな。まさか、偽者じゃあるまいな？」

あらぬ言いがかりをつけられた。

「俺はいつも優しいだろ」

「？」

「無言で首を傾《かし》げるな」

フィーニャがことりと首を傾けていたので、思わずつっこんでしまう。

「まったく、俺のことをどう思っているんだよ」

「戦闘狂もしくはバーサーカーかのう」

確かに、戦うの好きだが、戦闘狂は流石に言い過ぎだろ。

俺はいたって正常だ。

「とにかく〈ポーション〉を作るからお前も手伝え」

「うむ、わらわに任せろ」

フィーニャも元気になったようだし、この調子で〈ポーション〉の〈調合〉を始めた。

◆

「それにしてもこんなに〈ポーション〉を作ってどうするつもりなんじゃ？　おぬしが戦闘中に〈ポーション〉を使っているの、あまり見たことがないが」

「〈ポーション〉は使っても、すぐに傷が癒えるわけではないしなぁ。それに、紙装甲の俺が〈ポーション〉を使っても、あまりうまみがないんだよ」

〈ポーション〉を使ってＨＰを満タンにしても、そもそものＨＰが少なければ、どっちみち一撃でやられしまう。

だから、俺は戦闘中に〈ポーション〉を使うことは滅多にない。

「じゃあ、なんのために作ったのじゃ？」

「それは、まぁ、交渉に使うんだよ」

そう言って、俺は笑みを浮かべた。

◆

翌日、冒険者ギルドに行くといつもと違う雰囲気が漂っていることが一目でわかった。

どの冒険者もギラギラとした目つきをして、緊張感を漂わせている。

ジョナスが言っていたとおり、やはり未知のダンジョンへの調査隊が組まれるらしい。

「それでは、今よりこの町に新しく誕生したダンジョンの調査隊派遣に関する集会を始める」

ギルドマスターが壇上に上がって、そう宣言した。

「未知のダンジョンはどの程度の難易度でどんなモンスターがいるのかなど、わからないことが多々ある。ゆえに、万全を期して挑む必要がある。それにはおぬしたち冒険者の力がなによりも重要だ！」

そうギルドマスターが言うと、興奮した冒険者たちが「うおぉおお！」と雄叫びをあげていた。

「それでは、今より調査隊を編成する。編成に加わりたい者は挙手を」

おっ、やっとこのときがきたか。

もちろん、俺は迷いなく挙手をする。

「ただし、調査隊に加われるものはレベル１００以上のCランク冒険者とする」

「……は？」

その場でずっこけそうになった。

レベル１００以上の冒険者のみとか、レベル１の俺に対する当てつけなんじゃないかと疑いたくなるな。

レベル１００以上の冒険者はそれなりにいるらしく、数十名ほど手を挙げた者がギルドマスターの元に集まっている。

とはいえ、この程度で諦めるつもりは毛頭ない。それに、調査隊に入るには条件があることぐらい予想はできた。

だから、入れてもらえるよう交渉しようとギルドマスターのいるところに赴いた。

「ギルドマスター。俺も調査隊に加えてもらいたいんですが」

「ユレン殿か。すまないが、未知のダンジョンという都合上レベル１００以上の冒険者しか参加させるつもりがない」

「これを見ても同じことを言えますか？」

そう言って、〈アイテムボックス〉から俺は〈上級ポーション〉を大量に取り出す。

「おぉ、なんということだ！」

「〈上級ポーション〉がこんなにあるのなんて見たこともねぇぞ」

「確か、一個買うだけでもレベル１００以上のモンスターの素材と同等の価値があったよな」

そう、〈上級ポーション〉というのは非常に貴重だ。

というのも、〈上級ポーション〉を作れる〈錬金術師〉はレベル上げを苦手としているため、レベル上げしないと獲得できないスキルポイントも貯《た》められず、ほとんどの〈錬金術師〉が〈調合〉のスキルをレベル4まで上げることができないのが現状だ。

ゆえに、〈調合〉のレベルが4でないと作ることができない〈上級ポーション〉は滅多に市場に出回らない。その分高価になるわけだ。

「こんなに〈上級ポーション〉があったら、ダンジョン攻略とか余裕じゃねぇかよ。すげぇな、坊主」

一人の冒険者が興奮を隠さずにまくし立てる。

「もちろん、これらの〈上級ポーション〉をダンジョン攻略に役立ててかまいません。ただし一つだけ条件があります」

「その条件とはなにかね？」

「俺を調査隊に加えてください」

そう言うと、ギルドマスターは「うーむ、どうしたものか……」と悩み始めた。

「俺はこいつを連れて行っても大丈夫だと思うぜ」

助け船を出してくれたのは、以前俺と決闘したジョナスだった。

「こいつのレベルは確かに1だが、実力があるのは以前俺と決闘したときに証明されている。それに、これだけの〈上級ポーション〉を提供してくれるというんだ。回復職としてはこれほどの人材はいないと思うぜ」

俺を評価してくれるのはありがたいが、回復職という言葉にひっかかりを覚える。俺はモンスターと一番戦える可能性のある前衛がいいんだが。

「他の皆もこいつがついて行くことに異論ないよな？」

ジョナスは他の面々にも同意を求める。

「確かに、あの坊主ジョナスさんといい試合してたしな」

「俺たちの回復に専念してくれるなら、危険は少ないだろうし問題ないと思うぜ」

「ジョナスさんがそう言うなら、俺はなにも言わないぜ」

と、多くの冒険者が賛同した。

「そういうことだ。ギルドマスター、悪いがこいつをダンジョンに連れて行くぜ」

「皆がそう言うなら私からはなにも言いませんよ」

最後にはギルドマスターも納得してくれた。

「良かったな、ユレン」

「いえ、こちらこそありがとうございます」

「別に礼なんていらないぜ。俺はお前を連れて行くことが全員にとって利益になると思っただけだ。その分、お前には働いてもらうぜ」

「ええ、もとよりそのつもりです」

「ははっ、そうか、そうか」

ジョナスは大口を開けて笑った。

そこに一人の少女が駆け寄ってきた。

「おい、わらわも当然、ダンジョンに連れていくんだろうな」

その少女はフィーニャだった。

「なんだ、この子は？」

「おい、嬢ちゃんは家で大人しくしていな」

「そうだ、そうだ！　家で大人しくパパの帰りでも待ちな！」

フィーニャを見た冒険者たちが各々好き勝手言いたいことを口にする。

「おい、わらわを子供扱いするな！　わらわはこう見えて、おぬしらより年上だぞ！」

と、フィーニャが反論するが誰も聞いていなかったようで、特に反応はなかった。

「こいつ、俺がテイムしているモンスターなんですけど、もちろんダンジョンに連れて行ってもいいですよね」

「あん？　どう見ても人にしか見えないが、本当にモンスターなのか？」

ジョナスがいぶかしげにフィーニャのことを観察する。

実際には、フィーニャとはまだ契約していないので、テイムしているというわけではないのだが、似たようなもんだし問題ないだろう。

「それに〈鑑定〉すればわかりますが、レベルも100を超えているので問題ないはずですよ」

「そうなのか。おっ、本当にレベル100を超えているな。そういうことなら、問題ないぞ」

「ふふんっ、これでわらわも一緒に行くことができるぞ」

フィーニャが自慢げに鼻を高くしていた。

「まぁ、フィーニャは家でお留守番でもよかったんだがな」

「ひどいことを言うなぁ。わらわとおぬしは一心同体と言ったではないか。おぬしのいるところに、わらわありじゃ」

「そうか」と軽く受け流す。

俺としては自分がダンジョンに行ければ、あとはどうだっていい。

◆

「それでは今より未知のダンジョンに突入するぞ。各自準備はいいか！」

ジョナスが先頭に立って、皆に号令を出す。

周囲には一般市民たちが集まり、冒険者たちに声援を送っていた。

「「おう！」」

と、冒険者たちが返事をする。

結局、未知のダンジョンに突入するのは俺とフィーニャを含めて、ざっと二十名ほどだった。

これほどの大人数でダンジョンを攻略することは滅多にないので、それだけ未知のダンジョンに対して慎重なんだろう。

「それでは行くぞ！」

そう言って、ジョナスを先頭に次々とダンジョンの入り口を潜っていく。

最後尾は俺とフィーニャだから、皆が入っていくのを確認してから俺たちは中に入った。


俺が遊んでいた『ゲーム』、『ファンタジア・ヒストリア』でもダンジョンはあった。

『ゲーム』ではダンジョンごとに出現するモンスターの性質が変わるなど、様々な特徴があった。

恐らく、このダンジョンもなんらかの特徴があるはずだ。

さて、このダンジョンは一体どんなダンジョンなんだろうか。

「あれ？」

そう疑問を口にしたのにはわけがある。

なぜなら、目の前には誰も人がいなかったからだ。

すかさず後ろを振り向く。出入り口が見当たらない。

「なるほど、一度入ったらクリアしないと出ることができないタイプのダンジョンか」

ダンジョンの外とダンジョン内部は直接つながっているわけではない。ダンジョンの入り口はワームホールのような仕組みになっており、入り口をくぐると別の場所へと飛ばされる。

ただし、ほとんどのダンジョンは入り口が残っており、反対側からくぐれば外に出られるようになっている。

しかし、このダンジョンはこうして振り向いても壁があるだけで、外に出られるようなゲートは存在しない。

ってことは、外に出るには二つの手段があるというわけだ。

一つはダンジョンのボスを倒して外に出る。

もう一つは、外に出られるゲートを探す。

前者についてはダンジョンというのは、ボスを倒せば外に出られるような仕組みになっているため、確証がある。

しかし、後者に関してはダンジョンごとにまちまちなため、絶対にあると断言はできない。

「そして、もう一つの問題は、俺以外がなぜ存在しないかだよな」

俺たちは二十名ほどの冒険者たちと一緒に、ダンジョンの中に入った。

だが、実際には、周りに誰もいない。

「『ゲーム』でも、似たようなダンジョンがあったな」

複数名で入っても、バラバラの位置に飛ばされてしまうダンジョン。通称、『パーティー殺し』。

「考えなくてはいけないのは、他のみんなが同じダンジョンに飛ばされたのか、全く違うダンジョンに飛ばされたかだな」

同じダンジョンに飛ばされたとしたら、探せばどこかにいるはず。

逆に、それぞれ違うダンジョンに飛ばされたとしたら、一人でこのダンジョンを攻略する必要がでてくる。

「いいねぇ、心が躍ってきた」

未知のダンジョンはイレギュラーがつきもの。

これこそ、俺が求めていたものに違いない。

◆

ダンジョンというのは迷宮のような造りになっており、複雑に通路が入り組んでる。

そのため、進んだ通路を記録し地図をつくっていくというマッピングという作業が大事になってくる。

もしも、すでに誰かが攻略したダンジョンなら、地図を入手できるかもしれないが、ここは新しいダンジョンゆえに、自分の足で稼いで地図を作っていく必要がある。

「ギャオ！」

前方を見ると、子鬼《ゴブリン》がいた。

子鬼《ゴブリン》は最弱のモンスターだが侮ってはいけない。確実に仕留めるべく、慎重にナイフをふるって急所を切り裂く。

すると、子鬼《ゴブリン》は倒れたので素材を採取して、〈アイテムボックス〉に収納していく。

それから、何度かモンスターと遭遇するが子鬼《ゴブリン》ばかり。

「難易度としては優しい部類のダンジョンなのか？」

もしかすると、ソロでの活動を強制させられるという性質があるため、出現するモンスターは易しめに設定されているのかもしれない。

「と、下に続く階段だな」

ダンジョンというのは大方、下に潜れば潜るほど強いモンスターと遭遇するようになっている。

そして、最下層には必ずボスモンスターがいる。

「さて、下に潜るべきかどうか悩みどころだな」

この階層に他の冒険者がいる可能性も高いため、もう少しこの階層を見て回るべきだろうか、という考えが頭に浮かぶ。

とはいえ、すでにこの階層をそれなりに歩いたんだよな。それでも、他の冒険者と遭遇することはなかったので、この階層にはいない可能性のほうが高いか。

なので、下の階層へと続く階段を降りる。

「次は、狼《コボルト》か」

◁◁◁◁◁◁◁◁◁◁◁◁◁◁◁◁
〈狼《コボルト》〉
LV：5
二足歩行する狼《おおかみ》型のモンスター。
▷▷▷▷▷▷▷▷▷▷▷▷▷▷▷▷

一応〈鑑定〉しておくが、やはりレベルは子鬼《ゴブリン》と変わらず大したことはない。

なので、確実に仕留めていく。

「ソロを強制させるってこと以外は、問題がなさそうなダンジョンだな」

俺は普段からソロなので、ソロ強制でも特になんとも思わない。

しかし、回復職等の後衛にいるような冒険者はソロだと苦労するかもしれないな。

「少し、強いモンスターが現れたな」

五階層まで行くと、ダンジョンの雰囲気が変わった。

今までと比べて難易度が上がったのだ。

◁◁◁◁◁◁◁◁◁◁◁◁◁◁◁◁◁◁

〈人喰鬼《オーガ》〉

ＬＶ：25

巨体な肉体を持つ人食い鬼。

▷▷▷▷▷▷▷▷▷▷▷▷▷▷▷▷▷▷

今までのモンスターに比べたら強いが、たかがレベル25だ。

瞬殺とはいかないが、毒属性を付与したナイフで十分倒せるモンスターだ。

「ゴウッ！」

人喰鬼《オーガ》が棍棒《こんぼう》を振り下ろす。

それより先に〈操糸の指輪〉で天井に張り付いてから、落下しながら背後を切り裂く。

「ウガァアアアアアッッ‼」

人喰鬼《オーガ》は奇声を発した。

レベル１の俺は攻撃力が低いため、ナイフで切り裂いたダメージは微々たるものだ。

だが、毒のダメージは致命傷になりうる。

まだ意識が残っている人喰鬼《オーガ》は闇雲に棍棒を振り回す。しかし、あまりにも攻撃が雑すぎてよけることは容易い。

「ゴボバァッ！」

そして、気がつけば人喰鬼《オーガ》は泡を吹いてその場に倒れた。毒が体中に回ったのだろう。

「この程度のモンスターなら、特に問題ないな」

◁◁◁◁◁◁◁◁◁◁◁◁◁◁
経験値を獲得しました。
レベル上昇に伴う経験値を獲得しましたが、〈呪いの腕輪〉の影響で、レベル1に固定されました。
SPを獲得しました。
▷▷▷▷▷▷▷▷▷▷▷▷▷▷

メッセージウィンドウが表示される。

「もう少し強いモンスターが現れないとやりがいがないなぁ」

ふと、そんなことを思った。

そんな調子で、俺はひたすら最下層へと進んでいった。

そして気がつけば十階層。

◁◁◁◁◁◁◁◁◁◁◁◁◁◁
〈人狼《ウェアウルフ》〉

ＬＶ：59
鋭い牙を持った二足歩行の狼型モンスター。狼《コボルト》に比べて、巨大な肉体を持つ。
▷▷▷▷▷▷▷▷▷▷▷▷▷▷

「今までと比べたら、少しは強そうだ」

とはいえ、以前倒した鋼鱗竜《アセーロドラゴン》のレベルが532だったことを考えると、どうしても目の前の敵が貧弱に思えてしまう。

まぁ、あのときに比べると、すでに何十体ものモンスターと戦っているため、体力は限界に近い。

そのことを考えれば、余計な体力を使わないように素早く倒すことを心がけよう。

なので、手を抜かない。

「〈閃光筒《せんこう》〉」

〈雷光石〉と〈固い実〉に対し〈加工〉を使うことで作ることができる武器。

その効果は投げた瞬間、目映《まばゆ》い光が放たれ、見たものの目を眩《くら》ませることができる。

「ウガァアアアアッッ‼」

なにも見えなくなった人狼《ウェアウルフ》は雄叫びをあげて、混乱していた。

それでも、身を守ろうとあらぬ方向に爪を振り回す。

「〈手投げ爆弾〉」

それに対し、俺は惜しみなく〈手投げ爆弾〉を放り投げる。

そして、仕上げに毒属性を付与したナイフで何度も切り裂く。

◁◁◁◁◁◁◁◁◁◁◁◁◁◁◁◁◁
経験値を獲得しました。
レベル上昇に伴う経験値を獲得しましたが、〈呪いの腕輪〉の影響で、レベル1に固定されました。
SPを獲得しました。
▷▷▷▷▷▷▷▷▷▷▷▷▷▷▷▷▷

倒れた人狼《ウェアウルフ》を見て、思ったことを口にしてしまう。

「ヌルゲーだな」

ひどく退屈だ。

もっと強いモンスターを倒したい。

さらに奥に進めば、出会えるのだろうか。

そう思って、さらに進んでいく。

それから、何体かの人狼《ウェアウルフ》を倒した先、見慣れない物を見つけた。

「出口かな？」

目の前にあるのはどう見ても出入り口だ。

ワームホールのような仕組みなんだろう。出入り口の奥を見ることはできない。

もしかしたら、このゲートをくぐった先にはボスモンスターがいるのかもしれない。

「もちろん、行かないなんて選択肢はねぇよなぁ」

そう言って、俺は飛び込んだ。

「あるじぃいい！　会いたかったぞぉおおお！」

ゲートをくぐった先、ドサッと抱きつかれる感触を味わう。

「なんだ、フィーニャか」

「なんだとはなんじゃ！　感動の再会なんだから、もっとそれらしく振る舞え」

「いや、意味わかんねぇよ」

「おぬしはわらわと再会できて嬉《うれ》しくないのかぁ？」

どことなくしょんぼりした表情でフィーニャがそう言う。

「俺も嬉しいぞー」

なんか棒読みになってしまったな。

「なんか、わらわへの扱いが投げやりな気がするぞ」

フィーニャと会話するのを切り上げつつ、俺は周囲の観察を行った。

ドーム状の密閉された部屋の中にいるらしく、通路のような仕切りもなければモンスターがいる様子もない。

まだダンジョンの中にいるらしいことはわかるが、果たしてここはどこなんだろうな。

「合流地点だと言ってたのう」

「合流地点？」

そう言って、周りを観察すると、一人の冒険者が佇《たたず》んでいることに気がつく。

「まさか驚きだな。レベル1のお前が、ここまで踏破してくるとは」

そう言って、佇んでいた冒険者が近づいてくる。

「まぁ、大したことがないモンスターばかりだったし」

「レベル100の冒険者がそう言うのは理解できるが、レベル1の冒険者が言っても説得力がないな」

その冒険者は苦笑していた。

「それで、ここはどこなんだ？」

「あぁ、どうやらこのダンジョンは強制的にソロでの攻略を強いられるダンジョンらしいが、最終的にはどの冒険者もここに来るようになっているみたいだ。だから、合流地点と呼んでいる」

「なるほどな。だが、他の冒険者はいないようだが」

「あぁ、それはだな」

そう言って、冒険者は後ろを指さす。

そこには二つのゲートが並んでいた。

「他の冒険者たちは二組にわかれて、それぞれゲートをくぐっていった。恐らく、一つは外に繋《つな》がっていて、もう一つはボスエリアに繋がっていると俺たちは考えている」

なるほど、どうやら俺よりも早くここにたどり着いた冒険者たちは先に進んだというわけか。

「じゃあ、ここにたどり着いたのは俺が最後なのか？」

「いや、他にも来てない冒険者はいるな。そうだ、坊主、ここに来るまで、階層は何層あった？」

なんでそんなことを聞くんだろ、と思いながら、俺は質問に答える。

「十層まであったが」

「十層か。やはり、冒険者ごとにここにたどり着くまでの階層が違うようだな」

「そうなのか」

「わらわは三層だけでここに来られたぞ」

と、フィーニャが口を挟む。

なるほど、冒険者ごとに階層が異なるのか。

「十層は多い方なのか？」

「あぁ、俺は六層までしかなかったし、多い方だと思うな」

なるほどな。俺がここまで来るのに時間が掛かったのは、そもそも階層が多かったせいか。

「それにしてもお前が本当に生きてここまで来られるとは思わなかったな」

「……そうか？」

「そりゃ、レベル1だしよ。他の冒険者たちが続々とたどり着いてもお前の姿は見当たらなかったからな。みんな、てっきりお前は死んだもんだと思っていたよ」

まぁ、確かに、そういうことなら死んだと思われても仕方がないかもしれない。

「あのお嬢ちゃんだけはお前が生きていることを疑ってなかったがな」

「わらわの主《あるじ》がこの程度の難所で命を落とすなんてあり得ないからなぁ」

なぜか、フィーニャが誇らしげに語っている。

「それで、お前らはこれからどうする？」

ふと、冒険者にそう問われる。

「どうって、あんたはここでなにをしているんだ？」

「俺は、他の冒険者がここに来るのを待っているのと、すでにあのゲートをくぐった冒険者たちが再びここに来るのも待っている」

「なるほど」

外に出られるゲートをくぐった冒険者なら、再びここに来るのも苦労しないだろうし、一度外に帰還した冒険者が再びここに来てくれれば、どちらが外に出られるゲートなのか判明する。

「おすすめは俺と一緒にここに残ることだな。なに、こういう事態に備えて食料は持参している」

安全を考えるなら、それがいいだろう。

「悪いが俺は先に進むぞ」

「いいのか？　最悪、ボスのいる部屋に行ってしまうかもしれないんだぞ」

「だから、行くんだろ」

そう言って、俺は笑みをこぼす。

ダンジョンのボスか。さぞ強いに違いない。次の標的としては申し分ないな。

「わらわもついて行くぞ」

そう言って、ぴょこぴょことフィーニャがついてくる。

「まぁ、俺がとめる権利はないから好きにしたらいい。あぁ、〈ポーション〉をいくつかいただけないか？　ここに負傷者がやってきたときに使いたい」

「まぁ、そのぐらいなら」

そう言って、俺は〈アイテムボックス〉からいくつかの〈ポーション〉を取り出して渡す。

「助かる。くれぐれも死なないようにな」

「元より、そのつもりだ」

そう言って、俺は右のゲートをくぐった。

外に出るのか？　ボスエリアに出るのか？　確率は二分の一。

俺が望むのは、当然ボスエリアだ。

◆

ジョナスはこの町では一番の実力者として知られており、他の冒険者たちからも尊敬されている。

そのジョナスは二十名ほどの冒険者たちを募って、新しくできた未知のダンジョンへの攻略へと向かった。

しかし、ダンジョンに入ると他の冒険者たちと隔離されてしまい、ソロでの行動を余儀なくされた。

ジョナスは〈大剣使い〉のため、ソロでも不便なく進むことができたが、回復職といった後衛のジョブ持ちならキツいだろうと思いながら、先へと進んだ。

そして、五層に進んだところで、合流地点へとたどり着いた。

すでに、何人かの冒険者たちがすでに着いていたようで、合流できたことに安堵《あんど》する。

それから、しばらく経って、他の冒険者がたどり着くのを待っていた。

中には負傷していた者もいたので、そういった者たちには、〈ポーション〉を飲ませて安静にさせておいた。

さて、問題なのが、この合流地点にはゲートが二つあるということだった。

どちらかがダンジョンの外に出るゲートで、もう一方がボスの部屋であろうことは皆同じ考えだった。

ここにずっと残っているわけにいかないので、いずれはどちらかをくぐる必要がある。

「全員で、一つのゲートをくぐるべきじゃないですか？」

冒険者の一人がそう意見を口にした。

「確かにそうだな……」

全員で行けば、ボスと遭遇しても総戦力で挑めるため、その分生存率が上がる。

もし、ダンジョンの外に出たなら、それはそれで問題解決だ。

「リスクヘッジを考えるなら二手に分かれるべきだと思いますが」

その意見も一理あった。

もし、全員でボスに挑んで全滅した場合、どちらのゲートがボスに続くのかギルドに報告できる者が誰もいなくなる。

それなら二手に分かれて、片方のグループが必ず生き延びるようにすれば、どちらのゲートがボスにたどり着くルートなのか確実にギルドに伝えることができる。

ただし、半分にグループを分けるため、ボスに勝てる可能性はその分低くなるが。

「よしっ、二手に分かれていくぞ」

熟考の末、ジョナスはそう結論を出した。

冒険者が必ず生き残り、どちらのゲートが外に出るものかをギルドに報告することを最優先に考えたのだ。

「もうそろそろ、潮時だな」

ダンジョンに潜った全員がこの合流地点にたどり着いたわけではなかった。

だが、水も食料も大した準備をしていないのに、ここに大勢で居座るわけにはいかない。

なので、これから遅れた冒険者がこの合流地点にやってくる可能性を想定して、一人だけここに置いていくことにして、他はゲートの奥に進むことに決める。

残る一人には、できる限りの食料を渡し、再びここに戻ってくることを約束する。

それと、フードをかぶった少女もこの合流地点に残ることを主張した。

どうやら、自分の主人がまだここにたどり着いていないらしい。

確か、こいつの主人はあのレベル１の冒険者だったな。

直接、指摘するのはためらわれたが、恐らくあの冒険者は死亡したに違いない。レベル1の冒険者がソロでここまでたどり着けるはずがなかった。

「それじゃ、いくぞ」

できるかぎり戦力が均等になるよう二つのグループに分けてから、号令を出す。

そして、二つのグループはそれぞれのゲートに飛び込んだ。

◆

「まさか、外れを引くとはな」

入って早々、ボスのいる部屋に来てしまったことがわかった。

「しかも、想像以上につえーなぁ、おい」

◁◁◁◁◁◁◁◁◁◁◁◁◁◁◁◁◁◁◁◁
〈子鬼ノ王《ゴブリン・キング》〉
LV：978
子鬼《ゴブリン》の親玉。
巨大な肉体を持ち、その豪腕は巨大な棍棒を振り回す。

▷▷▷▷▷▷▷▷▷▷▷▷▷▷▷▷▷

目の前には、体長三メートルを優に超えるモンスターが。

レベルは978と、今までジョナスが戦ってきたどのモンスターよりも強い。

完全に想定外だ。

ここに来るまでの道中のモンスターはソロを強制されたとはいえ、大したことがないモンスターばかりだった。

とはいえ、冒険者ごとに合流地点に行くまでに必要な階層が違うらしく、ジョナスはわずか四層まで攻略するだけで合流地点にたどり着けたので、例えば十層まで攻略する必要があった冒険者なら、難易度に関してもっと違った感触を得たのかもしれない。

ともかく、ジョナスにとって、これほどの強いモンスターがボスとして現れるのは想定外だった。

「みんな、ひるむな！　俺たちが協力すれば、必ず倒せるはずだ！」

とはいえ、リーダーである自分が怖じ気づいたら全体の士気に関わる。自分を鼓舞するように、大声を出す。

ジョナスと共にボスエリアをくぐった冒険者は全員で八名。

それに、全員レベル100を超えている歴戦の冒険者たち。

なので、決して敵わない相手ではない。

「〈ラッシュアタック〉!!」

ジョナスはスキル名を口にしながら、子鬼ノ王《ゴブリン・キング》に突撃する。できるかぎり自分がヘイトを買うことで、他の冒険者が攻撃する隙を作らせる。

「ぐっ！」

大剣で子鬼ノ王《ゴブリン・キング》を攻撃するも、棍棒で受け止められる。

重い……ッ。

子鬼ノ王《ゴブリン・キング》の打撃は、あまりにも重く、大剣ごと吹き飛ばされるんじゃないかと思う。

それでもなんとか耐え忍び、次の攻撃へと移る。

カキン、カキン、と大剣と棍棒が何度も弾きあう。

子鬼ノ王《ゴブリン・キング》の力は強いが、ジョナスだって負けてはいない。

「グヒッ」

と一瞬、子鬼ノ王《ゴブリン・キング》が嫌らしい笑みを浮かべた。

鋭い一撃が子鬼ノ王《ゴブリン・キング》により振り払われる。

ガンッ、となんとか大剣で受け止めるが、さっきまでの攻撃よりも一段と重い。

まさか、さっきまでは手を抜いていたのか？

そのことに気がついた瞬間、ジョナスは後方へと吹き飛ばされていた。

「ギャオッ！」

吹き飛ばされたジョナスを子鬼ノ王《ゴブリン・キング》が見逃すはずがない。

体勢を立て直す前に、再び攻撃しようと子鬼ノ王《ゴブリン・キング》はジョナスの元へと飛び込む。

「くそ……っ」

すぐさま、大剣を持とうとするが、間に合わないことを悟り、思わず言葉を吐き捨てる。

死んだな、そう思った瞬間——。

ガンッ、と金属がはじけ飛ぶ音がした。

「俺たちのことを忘れてもらっては困るぜ」

「ジョナスさん、あんたを俺より先にあの世に行かせねぇよ」

「ボブ！　ジョン！」

〈斧《おの》使い〉のボブと、〈大盾使い〉のジョン二人が迫ってきた子鬼ノ王《ゴブリン・キング》の棍棒を防いでいた。

「二人に守られるとは、俺もまだまだなようだな」

そう言って、ジョナスは大剣を手に持ち立ち上がる。

「よしっ、全員であのモンスターを倒すぞ！」

「「おう！」」

冒険者たちの士気が高まった瞬間だった。

◆

ここに集まった冒険者たちのジョブは多岐にわたる。

まずは、〈大剣使い〉のジョナス。

〈斧使い〉のボブ。

〈大盾使い〉のジョン。

他には、〈魔導師〉もいれば、〈弓使い〉もいる。

前衛も後衛も満遍なくいるが、回復職だけがいなかった。

回復職だと、ソロで合流地点まで攻略するのが難しかったらしく、何人かいた回復職のうち一人しか合流地点にたどり着くことができなかった。

その一人は、もう片方のグループに入れたため、この場に回復職はいない。

なので、できるかぎりダメージを負わないように戦う。

それが、全員の思惑だった。

子鬼ノ王《ゴブリン・キング》の攻撃をジョナスが、ときにはボブやジョンが受け止めつつ、その隙に後衛職が攻撃をする。

そうやって、徐々に子鬼ノ王《ゴブリン・キング》のＨＰを削っていく。

「くそっ、やっぱ強すぎだろ！」

子鬼ノ王《ゴブリン・キング》の重い一撃を受け止める必要があるため、どうしても前衛の負担が大きい。

さっきから、攻撃を耐えきれなかった前衛が一人ずつ倒れていく。

「ボブ、ジョン、まだやれそうか？」

「あんたにいわれずとも、俺はまだ平気だ！」

「同じく！」

二人とも強気な発言をするが、体力がすでに限界なのは見ていてわかる。

思った以上に、ＨＰが削れていないな。

後衛職がさっきからひっきりなしに攻撃をしてくれているものの、ダメージが乏しいのか、子鬼ノ王《ゴブリン・キング》が倒れる気配がない。

出し惜しみをしている余裕はないな。

そう思い、ジョナスは構える。

「〈渾身《こんしん》の一撃〉」

スキル〈渾身の一撃〉。一時的に攻撃力が上昇した状態で大剣を振り下ろす攻撃。

大きいダメージを与えられる分、発動までの予備動作が長いため、敵に隙がないとこのスキルを使用できない。

子鬼ノ王《ゴブリン・キング》は今、ボブとジョンに構っているため、今なら成功すると踏んで発動させた。

ビュルンッ、と風を切って子鬼ノ王《ゴブリン・キング》に一撃を与える。

攻撃を受けた子鬼ノ王《ゴブリン・キング》は壁に激突した。

「やったか……！」

誰かがそう口にした。

「油断するな！」

ジョナスはすかさず警戒するよう注意を促す。

「グギャォオオオオオオオオ‼」

子鬼ノ王《ゴブリン・キング》がひどく耳障りな雄叫びをあげる。

「グフッ」

次の瞬間、声を漏らしながら後方に倒れるボブの姿が。

なにが起きた……？

子鬼ノ王《ゴブリン・キング》はまだ壁際にいる。

壁際からどうやって、遠くにいるボブを攻撃したというのだ。

「ガハッ」

他の者たちも呻《うめ》き声をあげて倒れていた。

そして、やっと気がつく。

「壁の瓦礫《がれき》を投げているぞ！」

そう、子鬼ノ王《ゴブリン・キング》は激突したことでできた瓦礫を冒険者たちに投げていたのだ。

あまりにも速い投擲《とうてき》なため、一瞬なにが起こったかわからなかった。

「これ以上好きにさせるかっ！」

瓦礫を投げさせないため子鬼ノ王《ゴブリン・キング》に突撃する。

だが、子鬼ノ王《ゴブリン・キング》が向かってくる危険に対して、なにもしないわけがなかった。

一番大きな瓦礫をジョナスの頭部めがけて投げたのである。

「ガハッ」

直撃したジョナスはそう息を漏らす。

そして、体が後方に吹き飛ばされる。

「くそぉっ」

立ち上がろうとするも、目眩《めまい》がしてうまく立ち上がることができない。

その間に、次々と冒険者たちが倒れていく。

「俺が……っ、俺がなんとかしないと、いけねぇんだよぉおおおおお!!」

この中で一番強いのは自分だ。

だからこそ、倒れるわけにはいかない。

自分が倒れてしまったら、他の冒険者が絶望して戦いが疎かになってしまう。

自分は戦力的にも重要だが、精神的柱としても戦い続けなくてはいけない。

だから、気合いで立ち上がる。

「グヘッ」

それを見た子鬼ノ王《ゴブリン・キング》が満面の笑みを浮かべた。

すでに、勝ったつもりでいるんだろう。

「なにがおかしい……っ!」

だから、ジョナスは吠《ほ》えた。

そして、大剣を振りかざす。

ジョナスにとって、全身全霊の一撃だ。

「ぐはっ」
だが、それより先に子鬼ノ王《ゴブリン・キング》が棍棒を振り回すほうが速かった。
無慈悲な一撃を受けたジョナスは壁へと激突する。
それと同時に、口から血を吐き出す。
もう手足の感覚がないほどに疲弊していた。
「まだ戦える……っ」
それでも意識を強く保つ。
意識さえ保っていれば、まだ逆転できるはず。
そう信じて。
だが、同時に、それに意味はないんだということもわかってしまう。
もう、この場で立っているのは子鬼ノ王《ゴブリン・キング》のみだった。
「くそ……っ」
そう叫んだ言葉には、どこか悲観的な感情がこもっていた。
俺たちの負けなのか……っ。
いや、それを認めるわけにはいかない。
なにかないのだろうか？　この状況からでも、逆転できるなにかが。
考えろ……っ。
ジョナスは頭を必死に絞る。

だけど、なにも思い浮かばない。

いや、考えたって仕方がないのは初めからわかっていた。

この状況をひっくり返す奇跡なんてものが存在しないのだ。

だから、この戦いは俺たちの負けだ。

「なんだ、もう戦いは始まっていたのか」

第三者の声。

その声はジョナスにとって、青天《せいてん》の霹靂《へきれき》だった。

「なんで、お前がここに……」

目の前に立つ冒険者に対し、ジョナスはかすれた声で疑問を口にする。

「なんでって、ボスモンスターと戦うために決まっているじゃん」

そう言って、その冒険者は笑った。

まるで、ここに自分がくるのは当たり前だと言いたげに。

そう、目の前にいたのはレベル１の冒険者——ユレンだった。

◆

どうやら当たりを引いたらしい。

それはゲートをくぐった瞬間にわかった。

くぐった先は開けたドーム状の空間になっていたからだ。

恐らく、ここにボスモンスターがいるに違いない。


中に入って気がつく。

どうやら先行した冒険者たちが戦っていたらしく、周囲一帯には倒れた冒険者たちがいる。

意識を失っているだけで、まだ生きている者も多い。

「フィーニャ、〈上級ポーション〉を渡すから、全員に配ってやれ」

「了解したのじゃ！」

そう言って、〈上級ポーション〉を必要な分、フィーニャに手渡す。

「それで、おぬしはどうするんじゃ？」

〈上級ポーション〉を受け取ったフィーニャが尋ねた。

「そりゃ、あれと戦うに決まっているじゃん」

眼前には、俺を見てニヤけた表情をした子鬼ノ王《ゴブリン・キング》の姿が。

子鬼ノ王《ゴブリン・キング》か、いいねぇ大物だ。

倒しがいがある。

「それじゃあ、俺と遊ぼうか」

「グヘッ！」

瞬間、子鬼ノ王《ゴブリン・キング》が俺の元に飛び込んで棍棒を振り回す。

◁◁◁◁◁◁◁◁◁◁◁◁◁◁
ＳＰ18を消費して〈パリイＬＶ１〉を獲得しました。
ＳＰ２４８を消費して〈パリイＬＶ４〉にレベルアップさせました。
▷▷▷▷▷▷▷▷▷▷▷▷▷▷

〈パリイ〉とは、剣を使って物理攻撃を受け流すことができるスキル。

しかし、発動させるタイミングが非常に繊細で、成功させる難易度が高いことでも知られている。

剣士系のジョブなら、スキルポイントを2消費するのみで〈パリイ〉を獲得することができるが、俺は〈錬金術師〉という生産系ジョブなため、18という決して少なくないスキルポイントを消費する必要がある。

とはいえ、それだけ消費しても獲得する価値はある。

レベル４まであげた〈パリイ〉なら、子鬼ノ王《ゴブリン・キング》の攻撃を受け流すことができるはずだから。

タイミングさえ間違えなければ、という前提はもちろんあるが。

「〈パリイ〉」

そう言って、俺はナイフで、子鬼ノ王《ゴブリン・キング》の棍棒を受け流す。

「あっ」

と、声を漏らしたのにはわけがある。

パリン、とナイフが砕け散ってしまったからだ。

どうやらナイフそのものが攻撃に耐えることが難しかったらしい。

ナイフは武器の中で最も脆弱《ぜいじゃく》だから、仕方がないと思う反面、まいったなぁとも思ってしまう。

だって――。

「これでは『ナイフ縛り』ができないではないか」

せっかく、今まで剣ではなくずっとナイフを使っていたというのに。

「グギャッッ!!」

ナイフを失った俺を見て、子鬼ノ王《ゴブリン・キング》が次なる一撃を俺に食らわそうとする。

仕方がない、あれを使うか。

「鋼竜の短剣」

そう言って、〈アイテムボックス〉から短剣を取り出す。

この短剣は、鋼鱗竜《アセーロドラゴン》の鱗《うろこ》を素材にスキル〈加工〉を用いて生成したもの。

念のため作っておいたが早速役に立つとはな。

ちなみに、鋼竜の短剣の効果はこう。


◁◁◁◁◁◁◁◁◁◁◁◁◁◁◁◁◁◁◁◁

〈鋼竜の短剣〉

攻撃力プラス274

▷▷▷▷▷▷▷▷▷▷▷▷▷▷▷▷▷▷▷▷▷▷▷▷▷▷▷

レベル1段階の俺の攻撃力が45ってことを考えると、いかにこの短剣の攻撃力がすさまじいかわかるだろう。

「〈パリィ〉」

鋼竜の短剣を使って、〈パリイ〉をする。

よしっ、ナイフと違って鋼竜の短剣が砕けることはないな。

再び、子鬼ノ王《ゴブリン・キング》が棍棒を振り回す。それを短剣で〈パリイ〉すべく構える——フリをした。

子鬼ノ王《ゴブリン・キング》は相手にダメージを与えられるまで、大ぶりの攻撃を繰り返すことは『ゲーム』にて知っていた。

だから、三回目は〈パリイ〉をするフリをして、短剣を手放す。

突然、自分に向かってきた短剣に子鬼ノ王《ゴブリン・キング》はギョッとしながら、片方の手で防ごうとする。

とはいえ、もう一方の棍棒を握った手は俺を狙って振りかざしていた。

なので、〈操糸の指輪〉を使って真後ろに高速移動。

〈アイテムボックス〉から弓矢を取り出して〈猛毒矢〉を放つ。

さらに、弓を〈アイテムボックス〉に収納すると同時に、〈閃光筒〉を取り出し放り投げる。

子鬼ノ王《ゴブリン・キング》は短剣と矢を防ぐことに集中しており、〈閃光筒〉のことにまで意識が回らない。

〈閃光筒〉から光が放たれる一瞬だけ目をつむって、俺は〈操糸の指輪〉で子鬼ノ王《ゴブリン・キング》の近くに躍り出た。

〈閃光筒〉の光によって目が眩んでいる子鬼ノ王《ゴブリン・キング》は、俺が接近していることに気がつかない。

〈アイテムボックス〉には鋼竜の短剣がいくつも収納してある。

だから、〈アイテム切り替え〉を使って、手に短剣を収めると、それを横に薙《な》ぐように切り裂く。

狙うは両目。

「きひっ！」

「グギャァアアアアアアアアアアッッ‼」

両目を切り裂かれた子鬼ノ王《ゴブリン・キング》は苦しそうに叫び声を上げる。

こんなふうに絶叫していたら、攻撃してくれと自分で言っているようなもんだ。

だから、口の中に〈手投げ爆弾〉を押し込んでやった。

ドガンッ！　子鬼ノ王《ゴブリン・キング》の口の中から爆発音が響く。

そして、ドサッと子鬼ノ王《ゴブリン・キング》は真後ろに倒れた。

◆

「なにが、起きているんだ……？」

目の前で起きている事象を、ジョナスは信じられないものを見る目で見ていた。

なぜか、レベル1の冒険者が子鬼ノ王《ゴブリン・キング》相手に圧倒している。

「強いじゃろう。わらわの主は」

見ると、横ではフードをかぶった少女が自慢するように語っていた。

少女はさっきまで〈上級ポーション〉を他の冒険者たちに配っていたので、ここに来たということはもう配り終えたのだろう。

「あれは、何者なんだ……？」

思わず曖昧《あいまい》な質問を少女にしてしまう。

「ジョブは〈錬金術師〉だと言っておったなぁ」

「それは知っている……」

「おぉ、そうか、知っておったか」

ケラケラと少女は笑う。

「なんで、あんなに強いんだ？」

「さぁな？　それは、わらわにもわからん」

「そうか……」

「ただ、あやつは『縛りプレイ』をしていると言っておったから、それが強さに関係しているのかもしれんのう」

縛りプレイ、なんだそれは？　と、ジョナスは思った。

それからジョナスは、ただ黙ってユレンの戦いぶりを見ていた。

ユレンから繰り出される猛攻に子鬼ノ王《ゴブリン・キング》はただなすがままにやられている。

そして、ほどなくして、子鬼ノ王《ゴブリン・キング》は倒れた。

ユレンの圧倒的強さに、ジョナスは心の内から震えた。

◆

「まだこんなもんで終わりじゃないよなぁ」

子鬼ノ王《ゴブリン・キング》に呼びかける。

この程度の攻撃で子鬼ノ王《ゴブリン・キング》がやられるはずがない。その確信があった。

「グギュウウッ!!」

呻き声を漏らしながら子鬼ノ王《ゴブリン・キング》が立ち上がる。

しかし、体がボロボロなせいか、立ち上がるだけでも非常に苦労していた。

それを俺はわざわざ待ってやる。

立ち上がっている途中に攻撃をするなんて卑怯《ひきょう》だからな。

「おい、なにをやっている！　今のうちにとどめを刺せ！」

ふと、叫び声が聞こえた。

叫んでいたのは、〈大剣使い〉のジョナスだった。

うるさいなぁ、と思いつつ無視をする。

「くそっ、こうなったら、俺がとどめを刺す！」

そう言って、ジョナスが立ち上がって、子鬼ノ王《ゴブリン・キング》に突撃する。

「邪魔をするな」

〈操糸の指輪〉で伸ばした糸をジョナスの片足にひっかけて地面に転がす。

狙い通り、ジョナスは床にビタンッ、と顔をぶつけていた。

「どういうつもりだ？」

ジョナスが俺を睨《にら》みながら文句を言う。

「俺と子鬼ノ王《ゴブリン・キング》の戦いの邪魔をするな」

「だがッ！　あいつは満身創痍《まんしんそうい》だ。今のうちにとどめを刺さないでどうする⁉」

「それをしたらおもしろくないだろ」

「……は？」

「俺はおもしろいことを優先する。だから、今は子鬼ノ王《ゴブリン・キング》が回復するのを待つ」

「ふざけるなっ！　そんなことをしたら、最悪俺たちが死ぬかもしれないだろ！」

確かに、ここでとどめを刺さなければ、回復した子鬼ノ王《ゴブリン・キング》が他の冒険者たちを殺す可能性は十分ありうる。

「だからこそ、いいんじゃないか。お前たちの命を俺が預かる。俺が負けたら、お前らが死ぬ。この緊張感は、中々体験する機会がない。だからこそ、大事にしないとなぁ」

「つきあってられるかッ！」

立ち上がったジョナスが大剣を持って子鬼ノ王《ゴブリン・キング》へと再び突撃をした。

「はぁ」

思わず、ため息。

「死ねぇええええええええええ!!」

ジョナスは大剣を振り上げて、〈渾身の一撃〉を放とうとする。

「仕方がないか」

そう言って、俺は〈操糸の指輪〉を使って、子鬼ノ王《ゴブリン・キング》のほうへと糸を粘着させて、自分を引き寄せることで高速移動をする。

「バーカ、どう見ても動けないフリをしているに決まっているじゃん」

ジョナスが迫った直後、子鬼ノ王《ゴブリン・キング》がニタリと笑みを浮かべて、棍棒を振りかざす。

まさか攻撃されると思っていなかったジョナスは、完全に不意をつかれる形になっていた。

「〈パリイ〉」

だから、俺が間に割りこんで、子鬼ノ王《ゴブリン・キング》の棍棒を短剣で受け流してやる。

すると、うまい具合にジョナスの攻撃が子鬼ノ王《ゴブリン・キング》に当たった。

「グボビッ!」

おかしな呻き声をあげて、子鬼ノ王《ゴブリン・キング》は壁へと激突する。

流石、〈大剣使い〉の一撃といったところか。軽傷とはいかず、壁に激突した子鬼ノ王《ゴブリン・キング》はガクリと意識を落としていた。

◁◁◁◁◁◁◁◁◁◁◁◁◁◁◁◁◁◁◁◁
経験値を獲得しました。
レベル上昇に伴う経験値を獲得しましたが、〈呪いの腕輪〉の影響で、レベル1に固定されました。
SPを獲得しました。
▷▷▷▷▷▷▷▷▷▷▷▷▷▷▷▷▷▷▷▷

ステータスウィンドウが表示される。

今度こそ、無事に倒すことに成功したらしい。


「気がついていたのか?」

ジョナスが俺を見て、そう言った。

子鬼ノ王《ゴブリン・キング》が動けないフリをしていたことに対して、言っているんだろう。

「まぁな」

『ゲーム』で子鬼ノ王《ゴブリン・キング》がああいった戦法をとることを何度も経験していた。

だからこそ、予想できたわけだが。

「そうか、ありがとうよ。だが、そうならそうと素直に言ってくれたら納得できたんだがな」

別に、ジョナスに言った言葉は本心に違いなかったからな。

できれば、子鬼ノ王《ゴブリン・キング》とはもっと戦いたかった。

「おい、宝箱があるぞ」

誰かがそう口にする。

そうか、ダンジョンをクリアしたわけだから、なんらかの報酬が手に入るのは必然か。

中に入っていたのは、金貨や武器に防具など、いくつものアイテムだった。

どれも一級品のアイテムばかりだ。

複数人で攻略した以上、山分けとなるのが道理だが、今回はどうするつもりだろうか。

「ユレン、お前が最初に好きなだけ持って行っていいぞ」

と、ジョナスが言った。

「いいのか？」

「お前が一番の功労者だからな。皆も文句ないはずだ」

そう言うと、他の冒険者たちも黙って肯定する。

まぁ、そういうことなら、と思い、宝箱にあるものを物色する。

とはいえ、強い武器や防具にはあまり興味がない。しかし、なにも貰《もら》わないのももったいない気がするので、物色はするが。

「これがいいな」

手に取ったのは一冊の書物。

〈鑑定〉を使うと、こんな表記が現れる。

◁◁◁◁◁◁◁◁◁◁◁◁◁◁◁◁◁◁◁
〈進化の書〉
レベルがＭＡＸになったスキルを上位スキルに進化させる。
▷▷▷▷▷▷▷▷▷▷▷▷▷▷▷▷▷▷▷

これなら、なにかしらの役に立ちそうだ。

「それだけでいいのか？　他のも持っていっていいぞ」

「いえ、これだけで遠慮しておきます」

「そうか、随分と謙虚なんだな」

謙虚というか、ただ欲しいと思わなかっただけなんだけどな。

それから、他の冒険者たちが報酬を分けあった後、現れた転移陣を使うと、無事外に出ることができた。

「それじゃあ、改めてになるが、本当にありがとう。お前のおかげで、ここにいるみんなが救われた」

「いえ、当然のことをしたまでです」

それから、ジョナス以外の冒険者たちにもお礼を言われた。

そして、冒険者ギルドにも無事帰還した旨の報告を行った。

「そうか、ユレン殿の尽力によって、ボスモンスターを撃破したのか。このことは上にもきちんと報告しておこう」

ジョナスが詳細について語ると、ギルドマスターがそう言った。

「恐らく、これだけユレン殿が活躍したとの証言があれば、例の疑いも晴れるはずだ。明日にもユレン殿がこれまでの素材を換金できるよう手はずを整えることをここに約束しよう」

「いえ、ありがとうございます」

高レベルモンスターをレベル1の俺が倒せるはずがないという疑いのせいで、素材を持っていっても換金できない状態にある。

だが、今回の活躍で俺の実力も証明されたことだし、その疑いも晴れるに違いない。

そんなわけで、ダンジョンに関する騒動は無事、幕を下ろしたのだった。

◆

「ユレンが、ダンジョンボス撃破に貢献しただと！」

メルカデル邸にて、メルカデル伯爵家当主でありユレンの父親でもあるエルンスト・メルカデルは使用人の報告に怒鳴り声を上げていた。

「一体どうなってやがる！」

そう叫んでは、地団駄を踏む。

こんなことはあってはならない。家を追放したユレンが活躍していると噂《うわさ》が広まれば、自分の慧《けい》眼《がん》が疑われる。

そうなってしまえば、今後のメルカデル家の沽券《こけん》に関わる。

「絶対になにか不正をしているはずだ」

「しかし、現状証拠がありません」

「ギルドマスターが賄賂を受け取っているとか、メルカデル家の家名を使って脅しているとか色々考えられるだろう」

「ええ、ですから、様々な可能性を考えた上で捜査しているのですが、証拠が見つからないのです」

使用人の言葉にエルンストは歯ぎしりをする。

「ユレンはそれほど、立ち回りがうまいのか」

「その片鱗《へんりん》は確かにあったかと」

メルカデルの頭では、ユレンが実は強かったなんて考えには微塵《みじん》も思い至らない。それほど、〈錬金術師〉というジョブは戦闘に向かないと知られている。

と、そのとき、扉をノックする音が聞こえた。

入ってきたのは、もう一人の息子のイマノルだった。

「今日の訓練の報告に参りました」

「そうか」

と、頷《うなず》きつつ、ふと、気になる疑問が頭に浮かぶ。

「そうだ、イマノル。今、レベルはいくつだ？」

「はい、レベルはすでに45です」

順調だ。

この短期間でレベルを45まで上げるなんて、流石ジョブが〈剣聖〉なだけはある。

「いい感じだな」

「ありがとうございます、お父様」

そう言って、イマノルを見て、ふと妙案が浮かぶ。

「なぁ、イマノル。ユレンの噂は知っているか？」

「ユレンが、次々と高レベルのモンスターを撃破しているという噂ですよね」

「あぁ、そのことだ」

「ですが、そんなの嘘《うそ》に決まっています。なにせ、ユレンはまだレベルが1のようですからね」

「なに？　ユレンはレベルが1なのか？」

「ええ、そうみたいですよ」

イマノルが頷いたのを見て、使用人のほうを見る。

「確かに、彼を〈鑑定〉した者から話を聞いてみたところ、ユレンさんのレベルは1だったという報告があがっています」

使用人の補足を聞いて、エルンストはユレンが活躍しているという噂が嘘だという確信をより強める。

「よしっ、いいことを思いついたぞ」

ニタリ、とエルンストは悪い笑みを浮かべた。

「なぁ、イマノル。ユレンと決闘をしてみるってのはどうだ？」

「ははっ、僕は〈剣聖〉ですよ。〈錬金術師〉のユレンと戦ったら、ただの弱いもの虐《いじ》めになってしまいますよ」

「だからこそだよ。ユレンが弱いということを衆目を集めた中で証明すれば、ユレンの功績もすべてが嘘だと証明されるだろう」

「なるほど、確かにその通りですね」

イマノルも悪い笑みを浮かべた。

「よしっ、そういうことだ。今すぐ、決闘する場を整えて、周知させろ。大勢の前で、ユレンに恥をかかせてやる」

そう言って、使用人に指示を出す。

使用人は了承すると、急いで部屋の外へ出た。

「イマノル、ただ勝つんじゃないぞ。圧倒的な力を見せつけた上で勝つんだ」

「ええ、元よりそのつもりですよ。お父様」

そう言って、二人は笑った。

第五章

「あるじー、わらわに甘えるのもほどほどにするんだぞー」

その言葉と共に、目を覚ます。

見ると、隣のベッドで寝ていたはずのフィーニャが俺のベッドに潜り込んで寝言を口にしていた。

一体、どんな夢を見ているんだよ。

そんなことを思いつつ、上に重なるように寝ているフィーニャをどかしてから起き上がる。

すると、フィーニャは目をごしごしと擦って、起き上がろうとしていた。

「ほら、フィーニャ。すぐ出かけるぞ」

「わかったのじゃ……」

まだ意識おぼろげなのか、返事がはっきりしていない。

ひとまず、換金できるようになったか確認するために、冒険者ギルドを訪ねてみようか。


「ユレン殿、来るのをお待ちしておりました」

ギルドに入って早々、ギルドマスターが俺の元にやってきてはそう口にした。

「それで、どうなりましたか？」

「それが少し面倒なことになりましてね」

「ええ、実を言うと、メルカデル伯爵様の息子、イマノル様があなたに決闘を申し込んだんですよ」

「はぁ」

あまりにも唐突な展開に、呆《ほう》けた声を出してしまう。

「どうやら、メルカデル伯爵様はユレン殿の実力を疑っているらしく、決闘にて実力を証明してみせよ、とのことらしいです」

「……そういうことですか」

「それで、どうされますか？」

「もちろん、決闘は受けて立ちますが」

「おぉ、引き受けてくれますか！　もし、断られたらどうしようかと、困ってましたので一安心ですね。それに、ユレン殿の実力なら勝つに違いありません」

「油断はできませんよ。なにせ、相手は〈剣聖〉ですしね」

そう言いつつ、俺は口元がニヤけてしまいそうなのを必死に抑えていた。

いいね、決闘。

前回、ジョナスと決闘したときは途中で打ち切られてしまったので不満だったのだ。

イマノルは〈剣聖〉だし、さぞ強いに違いない。

そう思うと、今から楽しみだ。

「それで、決闘はいつやるんですか？」

「三日後とのことです」

「わかりました」

そんなわけで、俺とイマノルが決闘することが決まった。

父さんは、この決闘を大々的に行いたいらしく、ビラを配ったりして、大勢に周知していた。

新人の冒険者の中で様々な功績を上げている俺と〈剣聖〉のイマノル、どちらが強いのか？というたい文句を使って、宣伝していた。

しかし、それはあくまでも表向きの宣伝で、実際には、レベル1の冒険者なのにズルをして功績を上げている冒険者を、〈剣聖〉であるイマノルが成敗するというシナリオも皆に広がるよう仕組んでいた。

さらには、俺がメルカデル家を追放されたという噂《うわさ》もどこからか広まったようで、今回の決闘が兄弟対決であることも周知の事実となった。

なので、もしイマノルが負けたら、俺を追放したメルカデル伯爵家が無能であるということになり、逆に俺が負けたら、俺のこれまでの功績が全部嘘《うそ》っぱちだということになる。

そんなわけで、市民らは決闘の行方を非常に強く注目するに至ったわけだ。

「どうやら、向こうは負けるとは思っていないらしいな」

ふと、熱狂的な市民たちを見ながら、そんなことを呟《つぶや》く。

俺が元メルカデル家の長男坊であることを広めたのは父親だろう。

もし、イマノルが負けたら自分の沽券《こけん》に関わるが、それでも広めたのは、よほど自信があるからに違いない。

それほどまでして市民の注目を集めたいのだ。

父親は俺が大勢に見守られる中で敗北させたいらしい。

「まぁ、俺としては自分が勝とうが負けようがどっちでもいいんだけどな」

俺の望みはただ一つ。

楽しむことだ。

だから、イマノル。俺を楽しませろよ。

◆

決闘当日。

非常に盛況らしく、観客席は満席とのことだった。

「よう、ユレン。お前なら、勝てると信じてるぞ」

決闘場の控え室にいると、ジョナスがやってきては俺のことを激励してくれる。

「期待に応えられるようがんばります」

と、俺は礼儀正しくお礼を言った。

「そうだ、来ているのは俺だけではないんだ。他の者たちも来ている」

後ろを見ると、たくさんの冒険者たちがいた。

確か、どの冒険者も一緒にダンジョンに潜った者たちだ。

「お前なら、余裕で勝てる！」

「がんばってね！」

「貴族なんてぶちのめしてしまえ」

と、皆が口々に激励してくれる。

それに一通りお礼を言うと、皆は控え室から出て行った。

「それじゃあ、存分に楽しんでくるんじゃなぁ」

控え室に唯一残っていたフィーニャがそう口にする。

「あぁ、楽しんでくる」

「ふっ、どうやらあまり緊張はしていないみたいだな」

「緊張はしているさ。緊張も含めて楽しんでいるんだよ」

「なるほど、そういうことか」

フィーニャは苦笑していた。

「それじゃ、行ってくる」

そう言って、控え室を出た。

「おっ、あいつがレベル１のくせしてズルをしている冒険者だぜ」

と、観客の誰かがそう言ったのが聞こえる。

「おい、ズルしやがって、許せねぇよなぁ」

「キャー、あの方が〈剣聖〉のイマノル様よー！」

「イマノル様、かっこいいーっ！」

「剣聖様、あんな屑《くず》野郎倒しちゃってー！」

「イマノル様ー！　あんなやつ成敗してください！」

どうやら観客たちの声を聞く限り、ほとんどの冒険者が俺がズルをして功績を上げていると思っている様子だ。

この様子を見る限り、父さんが行った宣伝は無事広まっているようだ。

まぁ、俺は非戦闘系のジョブの〈錬金術師〉でレベルは1。

実際に、俺の戦いを見た人じゃないと、俺の功績が本当だと信じることができないのは仕方がないことかもしれない。

なので、ほとんどの観客がイマノルが勝つと思っている。

「やぁ、兄さん。久しぶりだね」

決闘場の中央にいくと、イマノルがすでに待っていた。

その手には、〈剣聖〉らしく立派な装飾が施された大剣が握られている。

「あぁ、久しぶりだな」

「今日のこと、結構楽しみにしてたんだ」

「それは奇遇だな。俺も今日が楽しみだった」

「ふっ、そうやって、笑ってられるのも今のうちだよ。僕は、兄さんに屈辱的な敗北を味わわせるために来たんだから」

「そうか、それは楽しみだ」

いいねぇ、相手が強ければ強いほど、俺は興奮する。実に楽しみだ。

「ちっ、僕はさ、兄さんのこと昔から嫌いだったんだよ」

と、イマノルが不快なことを思い出すかのような表情をしていた。

「そうか。それは悪いことをしたな」

嫌われるなにかをした覚えがないが、そういうことなら謝っておこう。

「勉学でも武術でも、いっつもいっつも兄さんは僕より優秀な成績を出してさ！　そのせいで、何度苦汁を飲まされたことか」

イマノルは鬼気迫る声でそう言い放つ。

「だが、それも今日で終わりだ。この決闘で、僕のほうが兄さんよりもずっと優秀だってことを証明してみせる！」

なるほど、どうやら俺の弟は相当の覚悟をもって、この場に挑んできたらしい。

それが、とても嬉《うれ》しい。

決闘というのは、双方にやる気がないと成り立たない。だからこそ、イマノルがこれほどのやる気をもって、俺の前に立ってくれたことに心から感謝しないとな。

「ありがとう、イマノル」

だから、俺はお礼を言った。

「なんでお礼を言うの？　精神攻撃のつもりなら、無駄だよ兄さん」

「いや、俺は心からお前に感謝しているんだ。俺のことを恨んでくれてありがとう！　だから、全力で俺のことを殺しにこい！」

「言われなくても、こっちはそのつもりだ！」

「いいね、いいね、その意気だ、イマノル。さぁ、最高な決闘になるようお互いがんばろうや！」

「意味わかんねぇ」

イマノルがそう言うや否や、お互い押し黙る。

それを見た審判が、二人とも準備完了と見なしたようで、合図を送った。

「試合、開始！」

この瞬間より、俺とイマノルによる決闘が始まった。

◆

「兄さん」

「なんだ？」

試合開始直後、イマノルが話しかけてくる。

だから、それに俺も応えた。

「この勝負、僕は一撃で兄さんを倒すつもりでいる」

「そうか、それは楽しみだ」

「そうやって、笑ってられるのも今だけだよ！」

そう言って、イマノルは構える。

一体なにが飛び出してくるか本当に楽しみだ。

「〈身体能力強化〉〈攻撃力上昇〉〈脚力強化〉」

と、イマノルがスキルを唱える。

あぁ、これはきっととてつもなく強い一撃がやってくるにちがいない。

だから俺は、〈操糸の指輪〉を二つ、右手と左手にはめて、さらには、鋼竜の短剣を二本取り出し、両手に構える。

いつもなら、ナイフだけ使う『縛りプレイ』と、利き手を使わない『縛りプレイ』をしているが、今日は特別に解禁だ。

相手が強い以上、いつもよりは本気を出そう。

そうでないと、満足に戦えないに違いない。

「〈クロスインパクト〉ッッ!!」

イマノルが唱えた瞬間、全身から目映《まばゆ》い光が放たれた。

〈クロスインパクト〉、知っている。

〈剣聖〉だけが手に入れることができるスキルで、一時的に自身の肉体を強化した上で、相手を切り刻む一撃を放つスキルだ。

スキルを発動させたイマノルは俺へと、一直線に突撃してきた。

この攻撃をまともに受けてはいけない。そう俺は察知した。


だから、〈操糸の指輪〉で真後ろに糸を出して、後方に高速移動をする。

〈手投げ爆弾〉を放り投げた上で。

「うっ」

唐突な爆発により、イマノルは一瞬怯《ひる》む。

その隙を逃さない。

今度は〈操糸の指輪〉で糸を前方に出し、イマノルに急接近しつつ、二本の短剣で攻撃。

「ガハッ」

攻撃を受けたイマノルは壁へ吹き飛ばされた。

とはいえ、相手は〈剣聖〉だ。油断してはいけない。

弓矢にアイテムを切り替えて、すぐさま弓を引いて矢を放つ。

矢に気がついたイマノルはなんとか剣で防ごうとするが、隙間に矢が命中する。

とはいえ、矢の攻撃力は低いため、大したダメージを負わせることはできない。まぁ、毒ダメージを除いたらの話だが。

「うわぁあああああ、なんだこれ⁉」

矢を受けた箇所が紫色に変色したイマノルはその場で動揺する。

この俺を誘っているのか……？

戦いの最中に動転するなんて、攻撃してくれ、と言っているようなものだ。あえて、油断したフリをして、こちらの攻撃を誘っているに違いない。

同じ戦法を子鬼ノ王《ゴブリン・キング》が以前していたことを思い出す。

どこに罠《わな》がある？

と、慎重に観察するが、見当たらない。

いや、俺らしくないな。

罠があるなら、あえてハマってみよう。それで、ピンチに陥ったなら、そのとき必死に考えてピンチを脱すればいいじゃないか。

方針を決めた俺は、すかさず〈操糸の指輪〉を使って、イマノルの元へと駆け寄る。

「うわぁあああ！　来るな、来るな、来るなぁあああ‼」

迫ってくる俺に対し、イマノルが慌てて叫んだ。

これも油断したフリだな。

いいねぇ、俺はそういう戦術、嫌いじゃないよ。

これは、よほどとっておきな一撃があるに違いない。

だから俺は急所を狙って、短剣を振るう。

さぁ、いつ、俺にお前のとっておきを見せてくれるんだ⁉

そう思いながら、徐々に短剣がイマノルへと近づいてゆく。

あれ――？　流石に、遅くないか？

もう、ここまで短剣は迫っているんだぞ。この短剣を受けたら流石に致命傷になるから、なにか手立ては必要なんだが？

もしかして、演技ではない――？

その可能性に思い至ったときには、短剣はあと数ミリでイマノルの体を貫こうとしていた。

流石に、この体勢から短剣を止めることはできない。

いや、一つだけ方法がある。

刹那、〈操糸の指輪〉を使って、真後ろに糸を粘着させることで、腕に急ブレーキをかける。

寸前のところで、短剣の刃はイマノルに刺さることはなかった。

「はぁー、はぁー、はぁー、はぁー」

よほど怖い目にあったとでも言いたげに、イマノルは荒い呼吸をしていた。

「おい……イマノル様、弱くねーか」

「いや、あの〈錬金術師〉が強すぎるんだろ」

「そりゃ、あれだけできれば、数々のモンスターを倒せるよな」

観客たちも異変に気がついたようで、さっきまでの評価を一転させていた。

「ひ、卑怯《ひきょう》だぞ！」

ふと、イマノルが大声を出す。

「いろんな武器を使って卑怯だ！　それじゃ、僕が勝てるわけがないだろ！」

「はぁ……」

なんていうか、イマノルの主張に呆《あき》れてなにも言えないでいた。

「まぁ、確かに、あの〈錬金術師〉、いろんな手を使っていたけどよ」

「でも、決闘なんだから、それが当たり前じゃね？」

「〈錬金術師〉なんだから、いろんな道具を使うのは当たり前だよな」

観客たちもイマノルの意見に同意できないようで、困惑していた。

一部、イマノルを擁護する声もあったが、それらの声は少数だったため打ち消されていく。

「ふざけんなっ！　正々堂々と戦えば、僕が負けることはないんだよ！」

対して、イマノルはまだ文句を口にしている。

「そうか、俺が悪かった……」

ぽつり、と俺は思ったことを口にする。

そう、俺が悪かったのだ。

相手が〈剣聖〉だから、期待していた俺が悪かったのだ。

〈剣聖〉相手にも、ちゃんと『縛りプレイ』をする必要があったんだ。

「わかった、お前の言い分を認めよう。俺は卑怯だった」

「そ、その通りだ！　兄さんは卑怯だ！」

「それで、どうすれば、お前の思う正々堂々な戦いができる？」

「その、おかしな移動をする糸みたいなやつは禁止だ！」

「わかった、受け入れよう」

〈操糸の指輪〉を外して、〈アイテムボックス〉に収納する。

「あと、この毒を治せ！　そして、毒を使うのは禁止だ」

「わかった、受け入れよう」

そう言って、〈解毒剤〉をイマノルに手渡す。

「弓矢と爆弾を使うのも禁止だ。あんなの卑怯者が使う武器だ！」

「わかった、弓矢と爆弾も使わない」

ということは、短剣のみを使って戦う必要があるな。

「それと、卑怯な手を使ったお詫《わ》びだ。〈ポーション〉を使って、万全な状態になってくれ」

「当たり前だ。さっきまでの戦いはなかったことにすべきだからな」

そう言って、イマノルに〈上級ポーション〉を手渡す。

それからイマノルが元の調子に回復するまで、俺は待っていた。

「ふぅ、これで、やっと正々堂々と兄さんと戦える」

調子が戻ったイマノルはそう言って、決闘場の中央に来た。

「なぁ、イマノル」

「なに？」

「これだけ譲歩してやったんだ。もちろん、俺に勝てるんだよなぁ？」

「当たり前だろ。〈剣聖〉の僕が、錬金術師の兄さんに負けるはずがない」

「その言葉を聞けて安心したよ」

それだけ豪語するってことは、信じていいのだろう。

俺は『縛りプレイ』が好きだ。

なぜなら、常に自分は相手より弱い状況だから。

その緊迫感がたまらなく好物だ。

さぁ、今度はどうやって生き延びようか。

「ちゃんと、俺を楽しませてくれよ」

念を押すようにイマノルにそう言う。

「ふんっ、兄さんの顔を絶望に染めてやる」

よしっ、その意気だ。

だから、次こそは俺を楽しませろ。

もし、その期待に応えられないなら、多分俺は、キレると思う。


イマノルとの決闘は仕切り直しとなった。

そして、いくつかのルールが足された。

〈操糸の指輪〉の禁止、爆弾の禁止、弓矢の禁止、毒の使用の禁止。

それと、イマノルは明言しなかったが、〈閃光筒《せんこう》〉も使えば、文句を言われるに違いないので、禁止ってことでいいだろう。

どれも俺が一方的に不利になるルールだ。

とはいえ、構わない。

『縛りプレイ』だと考えれば、これはこれで楽しめる。

「試合、開始！」

審判が二回目の試合の合図を送った。

唯一、認められた二本の短剣を両手に構える。

「〈身体能力強化〉〈攻撃力上昇〉〈脚力強化〉」

さっきと同じスキルをイマノルは発動させる。

「〈クロスインパクト〉ッッ!!」

さきほど同様、イマノルの全身から光が放たれる。

一時的に自身の肉体を強化したイマノルは俺へと一直線に突撃する。

あまりにもわかりやすい攻撃。

「〈パリイ〉」

スキルを使って、攻撃を受け流す。

その上で、カウンター。左足を軸に体を回転させた上で、斬りつける——フリをする。

もくろみ通り、イマノルは攻撃を防ごうと剣を前に突き出す。

フェイントにひっかかってくれたな。そんなことを思いながら、片足でイマノルの体を蹴りつける。

「ぐはっ」

蹴られたイマノルはうめき声をあげる。

その隙を俺は逃さない。

短剣を投げつけて、まずは牽制《けんせい》。

投げつけられた短剣から逃れようとイマノルが体を動かしたのを読んで、つま先が顔に当たるよう蹴りをいれる。

「ぐっ」

蹴られたイマノルは体を地面に倒す。

鼻から血を流していた。

昔を思い出すな。

俺とイマノルは武術の特訓で、よく試合をしていた。

とはいえ、毎回俺が勝ってしまうため、イマノルがふて腐れたせいでいつしかやらなくなってしまったが。

「立てよ！」

鼻血を手の甲で拭っているイマノルに対し、思わず怒鳴っていた。

「言われなくても、立つさ！」

俺に反抗するように、イマノルも大声を出す。

「なぁ、イマノル。まだ、縛りが足りないのか？」

「縛り……？」

「あぁ、俺はあれだけ譲歩してやったのにさぁ！　なのに、今の戦いはなに？　俺になすがままにやられてさぁ！　俺をどれだけ失望させたら、気が済むの？」

「う、うるさいっ！　今のはたまたま調子が悪かっただけだ。僕は〈剣聖〉なんだぞ。だから、僕のほうが強くて当たり前だ」

「そうか、そういうことなら、安心した」

調子が悪かったなら仕方がない。

次こそは期待しても良さそうだ。

「せっかくだし、武器の使用も禁止にするか」

そう言って、両手に持っていた二本の鋼竜の短剣を〈アイテムボックス〉にしまう。

「ふざけるな！　僕を舐《な》めるのも大概にしろ！」

文句を言われる。

そういうことなら、ナイフを一本だけ使うか。〈アイテムボックス〉からナイフを取り出し、左手で持つ。

「イマノル、次こそは俺を殺すような攻撃をして来いよ」

「言われなくても、そのつもりだ！」

「そうか。失望だけはさせるなよ」

そう言って、イマノルの攻撃を待つ。

「〈身体能力強化〉〈攻撃力上昇〉〈脚力強化〉」

さっきも同じのを見た。

「〈クロスインパクト〉ッッ!!」

また、さっきと同じスキルを使うつもりだ。

他のスキルを使うつもりはないのだろうか。

そして、またイマノルは俺に一直線に突っ込む。

あまりにも単調な攻撃。

避けてくれ、と言っているようなもんだ。

だから、最低限の動きで避ける。さらには、足を突き出してひっかけ床に転がす。

案の定、イマノルは前に倒れるように転がった。

なにを見せられているんだ、俺は。

あまりにも弱すぎる。

あぁ、やばい……腹が立ってきた。

「あのさぁ、イマノル！　さっきから、スキル使ってただだだだただ、バカ正直に突っ込むだけ。そんな攻撃、簡単に避けられるに決まっているじゃん。もっと、頭使えよ、頭。ねぇ、お前って馬鹿なの。馬鹿だから、そんな攻撃しかできないの？　もっとあるだろ？　フェイント使うとか、相手の動きに合わせて、使うスキルを変えるとかさぁ。攻撃力がいくら高くたって、敵に攻撃が当たらなかったら、なんの意味もないからね！　宝の持ち腐れって言葉があるじゃん。まさに、今のお前。あぁ、お前にはがっかりだよ！」

なんか無性に腹が立ったので、思いつく限りの罵詈雑言《ばりぞうごん》を並べてしまった。

「うるさいっ！」

そう言ったイマノルは、涙目になっていた。

「いいや、俺は静かにしないよ！　お前はもっとやるやつだと思ってた！　なのに、なんだこの有様は！」

「うるさいっ！　僕はずっと、兄さんに負け続けていた！　やっと、勝てたと思ったのに違った。今回も僕の負けだ‼」

イマノルも負けず劣らず叫ぶ。

まぁ、イマノルも色々と俺に対して思うことはあったのかもしれないが。

「立てよ、イマノル」

「……っ」

「立てよ！」

もう一度叫ぶと、イマノルは渋々と立ち上がる。

「最後にもう一回だけ相手してやる。今後こそは、殺すつもりで俺にかかってこい！」

「言われずとも、そのつもりだ！」

そう言って、イマノルは剣を構える。

「〈身体能力強化〉〈攻撃力上昇〉〈脚力強化〉」

またさっきと同じだ。

「〈クロスインパクト〉！」

これも、さっきと全く一緒。

どれだけ俺を失望させれば気が済むんだ。

イマノルは剣先を突き出して、俺に突撃する。これでは、戦術も何もあったものではない。

さっきと同様、かわした上で攻撃をしよう。

そういうわけで、俺は右に体をずらして攻撃を回避する。

そして、短剣を振りかざそうとして――あることに気がつく。

イマノルの目線が俺を捉えていることに。

まさか、今の攻撃はフェイント。本命は別にある⁉

そこまで思考が回ってようやく気がつく。

イマノルが右足に力を込めていることに。

なるほど、突き刺す攻撃は俺によけられることを前提に、本命は突き出した後の振り上げる攻撃ってことか。

少しはやるようだな。

だが、まだ甘いな。

フェイントをやるなら、もっと感づかれないようにやらないと意味がない。

次の瞬間、俺はしゃがむように転がった。

そうすれば、イマノルの本命の攻撃をよけることができる。

そして、剣を振り上げた瞬間、わずかにイマノルは体勢を崩す。

だから、腰付近にタックルをくれてやると、いとも簡単にイマノルを後方に倒すことができる。

その上で、俺はイマノルに覆い被さるようにまたがり、短剣をイマノルの首筋に当てた。

「チェックメイトだ」

そう呟くと、イマノルは悔しそうに歯がみした。

「勝者、ユレン!!」

審判がそう宣言すると、観客たちが怒号の雄叫びと拍手を鳴らした。

「すげーっ、〈錬金術師〉の圧勝だーっ!」

「〈剣聖〉はなにもできなかったな」

「あの〈錬金術師〉なら、高レベルのモンスターを狩っても不思議ではないな」

「それに対して、イマノル様にはがっかりだわー」

「〈剣聖〉があそこまで弱いと、将来が不安だね」

と、観客たちの声が聞こえてくる。

皆、俺を褒め称え、イマノルには失望していた。

「くそっ、僕は永遠に兄さんには勝てないのか!」

イマノルが悔しそうに叫ぶ。

「最後の攻撃はよかった」

「え……？」

俺が褒めてやると、イマノルは見開いた目で俺のことを見る。

「最後の攻撃、少しでも俺の反応が遅れていたら、お前の勝ちだった。だから、お前は筋がいいよ」

「……そうかよっ」

「イマノルは〈剣聖〉なんだろ。だったら、お前には才能があるはずだ。だから、もっと励めよ。そして、いつか俺を倒せるぐらいの実力者になれ」

「兄さんに言われなくても、僕はそのつもりだ」

「そうか、なら安心した」

イマノルに闘志が宿ったのを確認する。

もし、イマノルが強くなったら、また戦おう。そのときは俺をもっと楽しませてくれ。

「約束だぞ」

「あぁ」

そう言って、俺たちは拳を合わせた。

◆

「どういうことだっ！　イマノル⁉」

決闘終了後。

書斎にて、イマノルの父親でありユレンの父親でもあるエルンストは怒鳴り声をあげていた。

「兄さんは強かった。だから仕方がない」

「仕方がないで済むか！　あいつを追放した俺のメンツはどうなる⁉」

優秀な息子を追放したとなれば、自分の慧眼《けいがん》が疑われる。

そうなれば、今後、貴族界で舐められるに違いない。

「そんなこと僕には関係ないだろ。それじゃあ、特訓に行ってくる」

イマノルはユレンに負けてから、より一層特訓に励むようになっていた。それは、いいことだ。

問題はユレン。

すでに、市井《しせい》では自分が優秀なユレンを追い出したという噂が広まりつつある。あれだけ、大々的に決闘をしたのだ。当然の結果ではあった。

しかし、まさか〈錬金術師〉のユレンが強いとは予想外だった。

「なにか裏があるはずだ……」

自分に言い聞かせるように言葉を吐く。

「なにかがおかしい。絶対に、なにか秘密があるはずだ」

決闘場にて、ユレンが圧倒的な強さでイマノルに勝ったのをこの目で見たはずなのに、その現実が受け入れられないでいた。

「そうだ、ユレンは不正をしたに決まっている。なにか不正をしたのだ。そうじゃなきゃ、おかし

い」

どんな不正をしたら、あんな結果をもたらすことができるのかエルンストは見当もつかなかったが、それでもユレンは不正をしたに違いないと思い込んだ。

「よしっ、こうなったら、この俺がユレンの不正を暴いてやる」

そう決めたエルンストは使用人を呼んだ。

「暗殺ギルドに依頼しろ」

「ご主人様、一体なにをなさるおつもりですか？」

「ユレンを拉致したうえで、幽閉して拷問してやる。そして、どんな不正をしたのか暴いてやるのだ！」

「なるほど、ですが、暗殺ギルドは非合法な存在。依頼するとなると、依頼料がとんでもないことになりますが……」

「かまわん！　ユレンを捕らえるためなら、いくらでも金を使っていい！」

「そういうことでしたら……」

使用人は頷《うなず》くと、部屋を出て行った。

◆

「エルンスト様、お初にお目にかかります」

「お前が暗殺ギルドの者か」

「ええ、いかにも」

書斎にはエルンストともう一人の男がいた。

その男は黒いローブを身にまとい怪しい仮面を顔につけている。

「私たちは仕事の性質上、むやみに人前で顔を晒《さら》すわけにはいきません。ですので、失礼を承知の上で仮面を外さないことをご容赦ください」

「あぁ、もちろんわかっておる」

暗殺を生業《なりわい》にした者たちが所属する暗殺ギルド。

もちろん暗殺ギルドは非合法な存在だが、しかし、彼らはひっそりと実在している。世間にはバレないように標的を音もなく殺す。

それが暗殺ギルドの役目。

「それで、ご依頼をお聞きしても？」

「俺の息子、ユレンを拉致してきてほしい」

「拉致ですか……」

そう呟いて仮面の男は考えるそぶりをする。

「難しいのか？」

「そうですね。ユレン様はそこそこお強い方だと伺っていますので、そういった方を拉致するのは骨が折れる」

「まさかできないと申すのか！」

「いえ、そうではありません。ただ、一つだけ了承していただきたいのです」

「なにを了承すればいい」

「我々はユレン様を拉致するために、少々手荒な方法を使うつもりです」

「ふんっ、拉致するためなら、ユレンに怪我をさせるぐらい構わん」

「いえいえ、怪我で済むならいいのですが、間違えて殺してしまう可能性もあるわけです」

「殺すだと？」

「ええ、もちろん我々はユレン様を殺さずに拉致するよう最善を尽くすつもりですが、我々は暗殺ギルド。殺すのが専門なわけですから、万が一殺してしまう可能性があるわけでして……」

「なにが言いたい」

仮面の男の要領を得ない話にいらついたエルンストが結論を急かす。

「一言、了承をいただきたいのです。万が一ユレン殿を殺してしまっても不問にするというね」

エルンストはユレンを憎んでいるが、殺したいほどかというと、そうでもない。

とはいえ、了承しないことには暗殺ギルドは動かないようだし、仕方がない。了承する他ないだろう。

「最優先はユレンの拉致。もし、その途中で、誤ってユレンを殺した場合、依頼料を減額する。これでいいか？」

「ええ、もちろんですとも！　これで安心して、ユレン様を襲うことができます。それでは――」

次の瞬間には、仮面の男はこの場から消え失せていた。

そのことに驚くが、暗殺者ならこのぐらいできてもおかしくないのだろう。

「ユレン、待っていろよ」

エルンストはほくそ笑む。

これからのことを考えると楽しみだ。

◆

「なぁ、おぬしー。今日はどうするのじゃー？」

ベッドでぼうっとしていると、後ろからフィーニャが抱きついてきた。

「そうだな……」

とか言いつつ、考える。

最近戦ってばかりだし、少し疲れたな。

「たまには、休みにしてもいいかもな」

「おぉ、休みだと！　わらわはそれなら行きたいところがあるのじゃ！」

興奮したフィーニャが肩を揺らしてくる。

落ち着け、と言いかけて、フィーニャがコロンと膝の上に落ちてきた。

すると、ちょうどフィーニャの顔が俺の真下にきた。

「おい、わらわの顔をじろじろと見るな」

と、少し恥ずかしそうにフィーニャがそう言う。

「いや、獣の耳が柔らかそうだな、と思ってな」

「あぁ、これのことか」

フィーニャが自分の頭についている狐《きつね》の耳を指さす。

「触ってもいいか？」

「まぁ、別に構わぬが」

許可も下りたことだし、獣の耳を触ってみる。

おぉ、これは柔らかくて触り心地が最高だな。ずっと触っていたいと思うほど、ハマりそうだ。

「ぬっ、うん……っ、あうっ、あるじー、それ以上はやめてほしいのじゃ……」

「あっ、悪い」

慌てて手を放す。

なぜか、フィーニャは火照ったような表情をしていた。

「それで、フィーニャはどこに行きたいんだ？」

話題を変えようと、そう話しかける。

「おーっ、わらわの行きたいところなら、たくさんあるぞーっ！」

と、フィーニャはいつもの表情に戻って、そう叫んだ。

◆

「みーつけた」

太陽が落ち、夜と共に漆黒が広がった世界。

屋根の上に十数人の集団がいた。

その集団にはある特徴があった。全員が黒いローブを身につけ仮面を身につけている。

暗殺ギルドのメンバーたちだ。

「あれが今回の標的か……」

全員の視線の先で、ユレンとフィーニャが一緒に歩いていた。

「少女もいるな」

「あの女も標的か？」

「いや、あの少女は標的に含まれていない」

「なら、殺しちゃおうよ」

「コロス」

「少女のほうは殺しても構わんな」

と、仮面の集団はお互いに意見を言い合う。

「男は殺しちゃダメなのー？」

「男のほうは拉致しろって依頼だ。だから、殺してはいけない」

「えーっ、つまんないのー」

「拉致か、めんどいわね」

「間違って殺しちゃうかも」

「コロス。絶対にコロス」

「ねぇ、それより早く襲っちゃおうよ」

「それも、そうだな」

「今なら、誰にも見られないで殺すことができる」

「だから、殺しちゃダメなんだって」

「もう、どっちでもいいじゃん！」

「ねぇ、誰が最初に殺せるか勝負しようよ」

「いいねぇ、乗った」

「くだらん」

「勝ったら、この前借りたお金をチャラにするっていうならやる」

「えー、どうしよっかなーっ」

「そんなことはどうでもいい。標的が移動するぞ」

「それは困った」

「それで、お前ら準備はいいか？」

無駄話をしているメンバーたちを一喝するかのように、リーダーらしき人物がそう口にした。

「「「いつでも」」」

途端、全員が声を揃《そろ》えてそう頷いた。

次の瞬間、十数名いた仮面の集団は、ユレンとフィーニャたちの前に躍り出た。

◆

「うーむ、お腹いっぱいになったのじゃー！」

「そうか。満足したようで、なによりだよ」

今日は一日中、フィーニャと町を出歩いていた。

買い物を済ませた後はレストランで夕食を食べて、その帰り道だった。

視線を感じる。

ふと、そう思い、立ち止まる。

「どうかしたのか？」

フィーニャは突然立ち止まった俺を怪訝《けげん》な表情で見やる。

「いや、気のせいか」

周囲を観察するがとくになにもなかった。

どうやらただの思い過ごしのようだ。

そう思って、数歩進んだ瞬間。

ザッ、と物音がしたと同時、暗闇の中から集団が現れた。

気がついたときには、集団に囲まれている。

「動くな。動くと、こいつがどうなるかわからないぞ」

「す、すまぬ！　捕まってしまったのじゃ！」

見ると、フィーニャが仮面をつけた男に羽交い締めにされた状態で、首にナイフを当てられていた。

仮面をつけた男は一人ではなかった。

見ると、俺を取り囲んでいる全員が仮面をつけている。

人数は十人以上はいるか。

「どういうつもりだ？」

「あるお方の命令で、お前さんを拉致しにきた」

そう一人の男が告げたのだった。

◆

俺は『縛りプレイ』が好きだ。

なぜ、『縛りプレイ』が好きなのか？　一見、無謀だと思えるような敵に挑む、あの緊張感が好きだからだ。

少しでも、ミスをすれば致命傷になる。

その緊張感が俺に興奮をもたらしてくれる。

だから、ピンチになればなるほど俺は快感を覚えるし、逆境をひっくり返したときの爽快感は何事にも代えがたい。

だから、『縛りプレイ』が好きだし、今後も『縛りプレイ』を続けていきたい。


そして、今が、まさにピンチだった。

夕食の帰り道、仮面の集団に襲われた。

仮面の集団は足音だけでも、熟練の戦士だってことがわかる。

試しに〈鑑定〉してみる。

すると、なんらかのスキルのせいか靄《もや》がかかっていて、はっきりと名前を読み取ることができない。しかし、レベルに限ってはなんとなくだが把握できた。

低いやつでも、レベルが１５０以上はある。

一番高いやつだと、レベルが４００にも達していた。

そんな高レベルの集団が、十数人もいるのだ。

しかもフィーニャが人質にとられたせいで、満足に身動きすることもできない。

「大人しく投降するなら、命まではとりません」

仮面の集団の一人がそう呟く。

「えーっ、殺しちゃおうよ！」

「命令なんだから、殺しちゃダメだろ」

「別に、よくなーい？」

「ダメよ、大人しくしなさい」

「ケチー」

「まぁ、でも抵抗するっていうなら、痛めつけるのはやぶさかではない」

「じゃ、この少女を殺そうよ」

「まぁ、そっちは殺してもいいんだろうけど」

「やめなよ。殺したら人質の意味ないじゃん」

と、仮面の集団は各々好き勝手なことを言い合う。

指揮系統が曖昧なのか、それとも俺を怖がらせるのが目的なのか。一体、どちらなんだろうな。

「お前たちは何者なんだ？」

「キヒヒッ、僕たちは暗殺ギルドでーす」

誰かがそう口にした。

暗殺ギルド。存在だけは聞いた事がある。

暗殺の依頼を請け負う闇のギルドがある、と。てっきり、架空の存在だと思っていたが。まさか、本当にあったとはな。

「いったい誰の命令で俺を襲いにきたんだ？」

「それについては答えられませんねぇ」

まぁ、大方父親が俺を拉致するよう、暗殺ギルドを雇ったのだろう。

それぐらいしか、俺が暗殺ギルドに目をつけられる心当たりがないからな。

「主《あるじ》ーッ！　わらわのことは置いて逃げるのだッ！」

「おい、余計なことはしゃべるな」

「むぐっ」

フィーニャを羽交い締めにしていた男はしゃべることができないように口をふさいだ。

「それじゃ、おしゃべりはこのへんで」

「抵抗しなければ、痛くしないようにしてあげるねっ！」

「コロス」

「ダメよー、殺したら」

「間違えて殺しちゃうのは？」

「それなら、いいんじゃない」

そう言って、仮面の集団は武器を取り出し構える。

「おっと、手が滑っちゃった」

その声が聞こえたと同時、後ろから斬りつけられる。

接近されたというのに、そのことに全く気がつかなかった。流石、暗殺ギルドと称するだけあり、気配を消して移動するぐらい容易なんだろう。

斬られたと思った次の瞬間、別方向から衝撃が。誰かに蹴られたということに気づいたときには、すでに体は宙を舞っている。

「ぐはっ」

俺は呻《うめ》き声をあげながら、壁に激突していた。

まずいっ、本能がそう叫ぶ。

すでに、暗殺ギルドの者が畳みかけるように攻撃しようと、近づいてくる。

ひとまず、〈操糸の指輪〉を使って、この場から脱出しないと。

そう思い、指輪から糸を出して移動しようとして――。

「不思議な糸を使うことは調査済みなんだよね」

糸が斬られる感触を味わう。

「はい、残念っ！」

そう言って、殴られる。

「ひとまず、意識がなくなるまで殴ろうか。ねっ、それならいいでしょ？」

「あぁ、いいだろう」

そんな会話をすると、相手は俺のことを両手で殴り始めた。なすすべもなく俺は殴られ続けた。

「む、むぐぅ――ッ！」

口を塞がれたフィーニャがなにか訴えようとしたのか、うめき声が聞こえた。

「おい、大人しくしろ！」

と、フィーニャを羽交い締めにしていた男がフィーニャのことを地面に押さえつける。すると、フィーニャが「うぐっ」と悲鳴をあげた。

「ねぇ、この子は殺しちゃったら？」

「だが、それだと人質の意味が」

「もう、こうなったら関係ないでしょ」

と、そんな会話が聞こえる。

フィーニャに対して言っているであろうことは明らか。

「あれ？　もう死んじゃった？」

ふと、俺を殴っていた者がそう言って手を止めた。

さっきから俺は微動だにしないから、そう思われたんだろう。

殴られたせいか、さっきから全身に痛みが走り、腫れ上がっている。まだ、こうして意識を保っているのが不思議なぐらいだ。

しかし、俺がさっきから動かないのには他のわけがあった。

「なぁ、なんで俺は今、楽しくないんだ――？」

自分に問いかけるようにそう呟く。

そう、さっきからその疑問で頭が一杯で動けずにいたのだ。

今まで、たくさんのピンチにあってきた。その度に俺の心はワクワクしていた。

そして、今自分史上一番のピンチに陥っている。

だから、この状況はまさに俺が求めていたはずのものなのだが――。

やはり、楽しくない。

「はぁ、なにを言ってんの？　こいつ」

俺の疑問に対して、男は眉をひそめる。

「む、むぅーッ‼」

ふと、声が聞こえる。

口を押さえられたフィーニャがなにかを訴えようと、必死になって体を動かしていたのだ。

「あぁ、そうか――」

心が躍らない原因に思い至った俺は、そう呟いた。

「俺、今サイコーに腹が立っているんだ」

そのことにやっと気がついて、自分の中にあったわだかまりが解消されたのを覚える。

そう、俺はこの暗殺ギルドとかいうふざけた集団に対して、はらわたが煮えくり返りそうなほど、アタマに来ているんだ。

怒りと楽しいは相反する感情だ。

腹が立っている今、楽しいなんて思えるはずがない。

「よく、わかんないけど、死ねよッ！」

そう言って、男は短剣を突き刺すように振るう。

フィーニャを殺す、と誰かが言っていた。

そんなこと、この俺が許すはずがないだろ。
だから、俺はゆっくりとあることをした。

◁◁◁◁◁◁◁◁◁◁◁◁◁◁◁◁
〈呪いの腕輪〉が解除されました。
▷▷▷▷▷▷▷▷▷▷▷▷▷▷▷▷

そう、俺は腕にずっとはめていた〈呪いの腕輪〉を放り投げたのだ。

◁◁◁◁◁◁◁◁◁◁◁◁◁◁◁◁
〈呪いの腕輪〉の解除に伴い、レベル1の固定が破棄されました。
これまで獲得した経験値が全て反映されます。

レベルが上がりました。
レベルが上がりました。
レベルが上がりました。
レベルが上がりました。
レベルが上がりました。

レベルが上がりました。
レベルが上がりました。
レベルが上がりました。
レベルが上がりました。
レベルが上がりました。
レベルが上がりました。
レベルが上がりました。
レベルが上がりました。
レベルが上がりました。
レベルが上がりました。
レベルが上がりました。
レベルが上がりました。
レベルが上がりました。
レベルが上がりました。
レベルが上がりました。
レベルが上がりました。
レベルが上がりました。
レベルが上がりました。

レベルが上がりました。

レベルが上がりました。

レベルが上がりました。

レベルが上がりました。

レベルが上がりました。

レベルが上がりました。

レベルが上がりました。

レベルが上がりました。

レベルが上がりました。

レベルが上がりました。


………………………………………………………………………………。

▷▷▷▷▷▷▷▷▷▷▷▷▷▷▷▷▷▷

延々と「レベルが上がりました」というメッセージが流れ始める。

その通知は途切れることがなく、ステータスが放つ光で目が眩《くら》んでしまいそうなほどだった。

「なんだ、これは……⁉」

「おい、どうなってやがる⁉」

誰もが異変に気がつく。だが、もうすでになにもかもが手遅れだ。

「おい、なんだ、こいつ⁉　びくともしねぇ！」

そう言った仮面の人物は刃物を俺に突き刺そうとしていた。その鋭利な刃物を俺は手のひらで握っていた。

レベルが上がった今なら高い防御力のおかげで、素手で刃物を握ることができる。

「グボバッ！」

もう一方の拳でそいつを殴ると、はるか彼方まで吹き飛んでいった。

そして、俺はゆっくりと宣言する。

「お前ら、全員、今から地獄に落とす」

と。


レベルを1で固定する『縛りプレイ』をしている以上、防御力が低いため一撃でも受けると致命傷になってしまう。

だから、〈操糸の指輪〉を使った高い機動力を用いて、敵の攻撃をひたすら避け続けながら、隙を見つけ次第攻撃をするという戦法を使っていた。

だが、〈呪いの腕輪〉を外した今、俺のレベルは今もなお上がり続けている。

防御力が高い今なら、どんな攻撃も恐れる必要がない。

端的に言って、今の俺は最強だ。

「それ以上、フィーニャに触れるな」

まずは、フィーニャの救出。

だから、フィーニャの元へとゆっくりと歩く。

「させるかっ！」

「コロスッ！」

左右から、二人の暗殺者が息を合わせるように同時に襲いかかってくる。

それを俺は両手で弾き飛ばす。

そして、フィーニャを地面に押さえつけている男の腕を摑《つか》み、反対側に曲げる。

「うがぁ！」

うめき声をあげている男の顔を蹴り上げて、昏倒《こんとう》させる。

「あるじー！　すまぬっ、わらわが捕まったばかりに」

「俺のほうこそ悪いな。怖い思いをさせた」

今度こそ、フィーニャを奪われないように、片手で抱える。

「それで、暗殺ギルドだっけ？　誰の依頼で、俺たちを襲うんだ？」

振り向きながらそう問いただす。

すると、皆がビクッと体を震わせた。

「怯むなっ！　全員で攻撃しろ！」

リーダーらしき人物がそう命じる。

すると、仮面の集団が短剣を手に一斉に襲いかかってくる。

「なにも怖くないな」

今の俺なら、こいつらを全員倒せることが容易に想像できる。

結果がわかっている戦いってのはこんなにもつまらないんだな。

だが、手を抜くつもりはない。

なにせ、今の俺はとてもブチ切れてる。

◆

「なんなのだ……こいつは？」

暗殺ギルドの一人がそう吐露した。

次々と同胞が潰されていく現状を目のあたりにしていたからだ。

まず、ユレンの動きはとてもついていけるものではなかった。

糸のようなものを使った立体的な動き。

戦っている場所が路地裏であるせいだ。糸で建物の壁にへばりついたりすることで、ユレンは立体的な動きを可能としていた。

この動きをされると、誰の手にも負えない。

「がはっ」

また、同胞の一人がやられた。

見ると、その隣に短剣を握ったユレンが。

ユレンがこっちを見る。

目が合った。

次は自分の番だ。

「うわぁあああああ！！！」

一目散に背を向けて逃げようとする。

こいつには勝てない。

そう本能が告げていたのだ。

だから、恥も外聞も捨てて逃げることにした。

「おい、逃げるなよ」

そう聞こえたと思ったら、体が引っ張られる。

見ると、ユレンが出したであろう糸が体に付着していた。

この糸のせいで、前に進めない。

だから、糸を斬らないと。そう思い、短剣を取り出すが、そのときには、ユレンが目の前にいた。

「がはっ」

殴られた途端、壁まで体が吹き飛ばされ昏倒させられる。

「くそっ、こんな化物を相手にするなんて聞いてねぇぞ！」

別の暗殺ギルドの一人が叫び声を上げていた。

こんなことなら参加するんじゃなかった、と後悔するがもう遅い。

気がつけば、近くにユレンが立っていた。

「お、俺はただ依頼されただけで、本当は殺すつもりはなかったんだ！　だから、許してくれッ！」

恐怖のあまり言葉が震える。

涙と鼻水のせいで顔はぐちゃぐちゃだ。恥も外聞もない。

それでも、生きたい一心で命乞いをする。

「あっそう」

無情にもユレンはそう言葉を吐き捨てると、男を殴って昏倒させた。

「くそっ、なにがどうなってやがる……⁉」

暗殺ギルドのリーダーはそう吐き捨てる。

ターゲットがこれほど強いなんて、完全に想定外だ。こんなことなら、依頼を請けなかったらよかったが、そんなことを今更思っても仕方がない。

「うそだ、うそだ、うそだ、うそだ……ッ！」

同胞の一人が言葉を繰り返しながら、歯をカチカチと鳴らしていた。

なにかに恐怖している様子だ。

「一体、どうした?」

リーダーは同胞にそう尋ねる。

「〈鑑定〉したんです……」

するると、同胞は肩を震わせながら答えた。

ユレンを〈鑑定〉したのであろうことを、すぐに察知する。

「それで、どうだったんだ……？」

「な、なんと、あいつのレベルが──」

言葉を最後まで聞くことができなかった。

というのも、突然目の前に現れたユレンがそいつを殴り飛ばしたから。

「あんたが、リーダーか？」

ふと、話しかけられる。

「……それは答えられないな」

と、強気に発言するが内心は恐ろしいという感情で占められていた。

「あぁ、そう」

と、ユレンは無関心を装ったかのような返事をする。

なにを考えているのかわからない、それがこうして話してみて抱いた感想だった。

「まぁ、でもさ、お前は他のやつらよりは少しはやるんだろ？」

短剣をこちらに向けながらユレンはそう呟いた。

「さぁ、どうだろうね？」

とぼけたフリをする。

とはいえ、とぼけても意味がないことはわかっていた。恐らく、〈鑑定〉でもして自分のレベルを見られたのだろう。

「まぁ、いい。少しは俺のことを楽しませてくれよ」

そう言って、ユレンはニタリと笑った。その笑みが、あまりにも恐ろしくて体が震えた。

周りを見る。

どうやら、自分以外の同胞はすべてやられてしまったらしい。

「くそっ」

そう言葉を吐き捨てながら、暗殺ギルドのリーダーは短剣を握る。

最悪、相討ちでもいい。

なんとしてでも、相手に傷を負わせてやる。

「〈ディスピア・スラー〉」

間髪容れずに自分の中で最強のスキルを発動させる。

〈ディスピア・スラー〉の効果。それは、一瞬、自身の気配を消して、相手が見失っているうちに攻撃するというもの。

このスキルで、今までどんなに強い冒険者も葬ってきた。

（よしっ、俺の存在に気がついていないなっ！）

ユレンはそっぽを向いており、こっちを見てすらいない。

確実に、殺せる。そう思い、短剣を振るった。

「あぁ、そこにいたのか」

それは男にとって絶望の声だった。

ユレンはこっちを向いて、今にも殴りかかろうとしていた。

(なんで……？　確かに、自分は急所を確実に切り裂いたのに、平気な顔をしていられるんだ)

そして、一つの可能性に思い至る。

(まさか、それほどのレベル差があるというのか……？)

圧倒的なレベル差があれば、急所を攻撃しても相手にダメージがないのも納得できる。

だから、リーダーはとっさに〈鑑定〉した。

「なん、だと……⁉」

ユレンのレベルを知って、思わずそう言葉を漏らす。

それほど、ユレンのレベルは圧倒的だった。

◁◁◁◁◁◁◁◁◁◁◁◁◁◁◁◁◁◁◁◁
〈ユレン・メルカデル〉
ジョブ：錬金術師
レベル：１０３６

▷▷▷▷▷▷▷▷▷▷▷▷▷▷▷

自分のレベルを倍にしても届かない。

これは、最初から勝てるはずがない戦いだったのだ。

こんな化物がいるなら、依頼を請けなければよかった。

それを今更悟っても、もう遅いわけだが。

◆

暗殺ギルドのリーダー格の人物を何度も殴った。

途中、「許してくれ！」と叫んでいたが、素知らぬふりをして何度も殴る。

そして、何度も何度も殴って、気がついたときには相手は気絶していた。

これで、暗殺ギルド全員を気絶させることができたようだな。

「やはり、ヌルゲーはつまらんな」

〈呪いの腕輪〉を外して、レベルを解放したわけだが、やっぱり圧倒的レベル差があると相手を簡単に倒せてしまう。

やはり、圧倒的レベル差があると勝っても嬉しくないな。

そういうわけで、〈呪いの腕輪〉を再び装着する。

よしっ、ちゃんとレベルが1になった。

これでまた、『縛りプレイ』ができる。

「あるじーっ！」

と、フィーニャが抱きついてきた。

「すまんなーっ、わらわがいたばかりに手を煩わせてしまった」

「いいよ、別に。悪いのはこいつらだし」

さて、どうしたものか。

こいつらどうみても非合法な存在だよな。

「おい、何事だ……っ⁉」

ふと、衛兵らしき人物がこちらに走ってきた。

この様子だと、俺がなにもしなくても衛兵たちの手によって、こいつらは捕らえられるはずだ。

俺がここにいると事情聴取とかされるに違いないし、それは面倒だからな。

こっそり逃げようか。

あぁ、でも、結局依頼人が誰なのか、聞けずじまいだったな。

十中八九依頼人は父親だと思うが、確証がないのも事実だ。

そういうわけだし、一人だけ拉致しようか。

となると、誰を拉致するかだが、一番レベルが高いこいつにしよう。多分、こいつが暗殺ギルドのリーダーなんだろうし。

そんなわけで、一人だけ拉致して撤収した。

◆

数日後、市内ではあるニュースが紙面を賑《にぎ》わせた。

それは、暗殺ギルドのメンバーが捕まったというニュースだ。

なぜか、暗殺ギルドのメンバーたちが路地裏で倒れているところが衛兵に見つかったらしい。

以前より、国は暗殺ギルドに対し手を焼いていたが、中々捕まえることが叶《かな》わなかったらしい。

現在は、暗殺ギルドと貴族の繋《つな》がりを徹底的に調べているようだ。今頃、暗殺ギルドに依頼した貴族は震えているに違いない。

「それで、俺を殺すよう依頼したのは、父さんってことで間違いないか？」

俺は久しぶりに実家に帰っていた。

手土産を持った上で。

「な、なんで、お前がここにいる……!?」

父さんは俺の顔を見て震えていた。

「実は父さんに会わせたい人物がいましてね」

と、俺はほがらかに説明する。

「会わせたい人物とは誰だ……？」

「すでにいるじゃありませんか。俺の後ろに」

そう言った俺の真後ろには、暗殺ギルドのリーダーがいた。なにもできないように、縄でぐるぐる巻きに拘束している。

「し、知らぬぞ！　俺はこんなやつ……⁉」

「ほう、なるほど。知りませんでしたか。で、本当に知らないんですか？　暗殺ギルドのリーダーさん」

「た、確かに、私はこの男にユレン様を拉致するよう依頼されました」

暗殺ギルドのリーダーは俺に逆らえないように、すでに調教済みだ。

「おかしいですね。父さんと彼の言っていることが一致しませんが、一体どちらが嘘をついているんでしょうねぇ」

俺は、あえてもったいぶるような態度をとる。

「ふ、ふざけるなっ！　俺はなにも知らないぞ、ホントになにも知らないんだ！」

ふむ、この状況でも嘘をつき通すか。ならば、直接その身に教えてやる必要がありそうだ。

「父さん、ここ最近あるニュースが紙面を賑わせていますよね。確か、暗殺ギルドのメンバーがたくさん捕まったとかいう」

「そ、それがどうだというのだ……」

「記事によると、暗殺ギルドの人達は全員、気絶していたらしいですが、一体誰が暗殺ギルドをそんな目にあわせたんでしょうね」

「そ、それは……」

「あぁ、ついでに、俺は、最近暗殺ギルドのメンバーに襲われたんですよ」

「ま、まさかお前が、暗殺ギルドをやっつけたというのか……」

冷や汗を浮かべながら、父さんがそう口にする。

「さぁ、どうでしょうね」

わざとらしく、とぼけてみせる。

父さんが一体どんな反応を示すか楽しみだ。

「信じられぬ。〈錬金術師〉のお前ごときが、何人もの暗殺者を倒すなんて……。そんなの、嘘に決まっている！　信じられるか！」

呆れた、未だに俺の強さを疑っているのか。これが自分の父親だと思うと悲しくなってくるな。

「そこまで言うなら、俺と父さんで決闘でもしましょうよ。父さんも確か、優秀なジョブを持っていたはずですよね。確か、〈剣聖〉でしたっけ？」

「な、なんで、俺がお前と戦わなくてはならないんだ……！」

「だって、俺の強さを疑っている様子ですし。だったら、戦うのが一番の証明じゃないですか」

父さんは腐っても〈剣聖〉だし、それなりに強いに違いない。

だから、決闘してみたいという願望もなきにしもあらずってところだ。

「まさか、戦えないなんて言いませんよね！　俺を弱いと決めつけて追い出したのは、父さんですよね！　だったら、俺に余裕で勝てなきゃおかしいでしょう！」

「わ、わかった！　お前と戦う。だが、お前は後悔することになるぞ。父さんはこう見えて、〈剣聖〉だからな」

「いいねぇ、やっぱそうこなくちゃ」

そういうわけで、俺と父さんは急遽《きゅうきょ》決闘をすることになった。

場所は屋敷にある広場で行う。

当然そのことは屋敷中に知れ渡り、イマノルや使用人たちも決闘を見守ることに。

「それじゃあ、こっちはいつでもいいぞ」

装飾が施された大剣を持った父さんがそう口にする。

〈剣聖〉なだけあって、構えはちゃんとそれらしい。

ついでに、父さんの強さを〈鑑定〉してみるか。

◁◁◁◁◁◁◁◁◁◁◁◁◁◁◁◁
〈エルンスト・メルカデル〉
ジョブ：剣聖
レベル：１３８
▷▷▷▷▷▷▷▷▷▷▷▷▷▷▷▷

レベルが１３８か。

世間一般的には高いほうなんだが、少し物足りなく感じてしまうな。

まぁ、いいか。

「ふんっ、ユレン。今、使用人にお前のことを〈鑑定〉させたが、お前のレベルはたったの1じゃないか！　よく、そんなレベルであれだけのことを言えたな」

どうやら俺のレベルを知ったらしい。それで、さっきから態度が大きくなっているのか。

「今更泣いて謝っても、もう遅いぞ、ユレン」

「そこまで言うってことは、ちゃんと俺を楽しませろよ」

その言葉を契機に俺と父さんの決闘が始まった。

対面には、父さんが剣を構えていた。そして、父さんがスキルを発動させる。

「〈身体能力強化〉〈攻撃力上昇〉〈脚力強化〉」

イマノルも同じことをやっていたな。

まぁ、〈剣聖〉にとってはこれがセオリーなんだろう。

「〈エターナル・スラッシュ〉」

そして、さらにスキルを発動させた。

すると、父親の体から目映《まばゆ》い光が放たれる。さらには、父親の握っていた剣が光をまとい、更に巨大な大剣へと変化する。

その上で、一瞬で俺に接敵からの斬撃。

「〈パリイ〉」

寸前のところで〈パリイ〉を使って、攻撃をナイフで受け流す。

とはいえ、安心はできない。

父親はさらなる攻撃を繰り出そうと、大剣を振り上げる。


ふと、昔の記憶が蘇《よみがえ》る。

父さんはよく俺を相手に木剣を使って稽古をしてくれた。

「ユレン、お前は筋がいい。だから、将来はいい〈剣聖〉になれるはずだ」

そう言って、俺のことをよく褒めてくれた。

稽古をたくさんしてきたので、父さんの実力はよくわかっている。父さんがそれなりに強いことは俺が一番知っている。

だから、父さんを信頼することにしよう。

そう方針を決めた俺は、父さんの次の一撃がフェイントであると決めつけた。父さんほどの実力なら、馬鹿正直に攻撃してこないと踏んだのだ。

だから、この攻撃はあえてよけない。

注意すべきは、フェイントの後に繰り出す攻撃。

読み通り、父さんの大振りの攻撃はフェイントだった。

俺に当たりそうになる直前で止まり、一瞬で蹴りの攻撃へと切り替わる。

読みが当たった。

もし、フェイントを読んでいなければ、蹴られたに違いない。だから、俺は蹴りをかわし、足を上げたことでバランスをわずかに崩した父さんを押し倒すように、ナイフで突き刺す。

「ぐはっ」

と、父さんは呻き声をあげながら、後ろに倒れる。

一応、ダメージを与えたがダメージ量が微量なせいだろう、父さんはまだ戦うことができそうだ。

「ふんっ、レベル1の攻撃なんて、当たっても痛くもかゆくもないわ！」

と、父さんは強気な発言をするが、事実ではあるんだろう。

どうしても、レベル1の俺が与えられるダメージというのは少なくなってしまう。

「いいねぇ、やっぱそうできゃ、つまらない」

相手としては十分すぎる。

だから、もう少しだけ本気を出そう。

〈アイテムボックス〉から取り出した注射器を自分の腕に刺した。

中に入っているのは〈猛毒液〉。

これで、確実に毒状態になれる。

これでスキル〈苛辣毒刃《からつどくじん》〉が発動する。

効果はクリティカル攻撃の威力が大幅に上昇するというもの。

そして、俺にはもう一つのスキル〈終焉《しゅうえん》の篝火《かがりび》〉が存在する。

〈終焉《しゅうえん》の篝火《かがりび》〉はＨＰが三十パーセントを切ると発動し、その効果はクリティカル攻撃の威力が倍増するというもの。

毒状態のため、毒でＨＰが徐々に減っていく。

この二つのスキルが組み合わさることで、まれに発生するクリティカル攻撃の威力がとんでもないことになる。


「父さん、昔みたいに剣と剣だけで戦おうか」

剣以外の武器は使わないと勝手に決める。まぁ、俺が使っているのはナイフだが、ナイフも剣の一種のようなもんだろう。

他の武器を使わないのに、深い理由はない。

その方がおもしろいと思ったから。

「ふんっ、お前ごとき簡単に捻り潰してやるわ」

「キヒッ、それじゃあ、俺と遊ぼうかッ！」

それから、俺と父さんの激しい剣撃が繰り広げられた。

俺は父さんと稽古していたから、父さんの癖がなんとなくわかる。けれど、それは向こうも同じだ。父さんも俺の癖をある程度把握しているに違いない。

だから、攻撃をお互い読み合い、時には裏をかいて剣をふるう。


ただ、俺のほうが一枚上手だった。

俺は父さんの攻撃をことごとく受け流し、俺は時々、父さんに攻撃を与えていた。

「まだかっ⁉」

俺は叫ぶ。

まだ、クリティカル攻撃は発生しないのか⁉　もう、何度も父さんには攻撃を加えている。なのに、さっきから、クリティカルではない普通の攻撃ばかりだ。

普通の攻撃では父さんの防御力を破ることができない。だから、クリティカル攻撃が出るまで俺は父さんの攻撃をすべてよける必要がある。

なぜなら、俺はレベル1だ。

レベル1の防御力は紙以下なので、一撃でもくらうと致命傷になりかねない。

「まだかっ⁉」

だから、早くクリティカル攻撃が出ろよ、という願いをこめて剣をふるう。

毒ダメージだって、こっちにはあるんだ。

剣をかわし続けていたら、いつかは毒ダメージで先に死んでしまう。

「死ねぇッ！」

父さんも負けじと剣をふるう。

時間が経てば経つほど、体力が落ちてくるせいか攻撃が雑になってくる。

だから、今の父さんの攻撃をかわすのは容易い。

だが、それは俺にも言えることだ。さっきから、猛毒が体を侵食してきているせいで、動きが鈍くなってきている。

「また、外れかっ⁉」

父さんに斬りつけながら、そう叫ぶ。

あと、どのくらい俺は立っていられる？　恐らく、あと三十秒も立っていられないに違いない。

残り三十秒で、あと何回父さんに攻撃する機会がある？　多く見積もって三回だ。

残り三回の攻撃のうち、どれか一つでもクリティカル攻撃にならないと俺の敗北だ。

「いいねぇ、ドキドキしてきた」

どうしようもない緊張感。

この緊張感が俺に興奮をもたらしてくれる。

「キヒヒッ」

だから、笑った。

あぁ、今、この瞬間がとても愛おしい。

「まずは一撃目ッッ‼」

そう言って、父さんにナイフで斬りつける。

父さんはわずかによろめくだけで、すぐに戦いの体勢に戻る。

「外れたッ！」

だから、すかさず切り替えて次の攻撃を浴びせる。

「また、外れッ！」

そして、次の攻撃の準備にとりかかる。

あぁ、毒が全身に回ってきた。数秒後には、俺は毒で死ぬに違いない！

だから、これが最後の攻撃――ッ!!

「グボバッッ!!」

斬りつけた瞬間、父さんは大きく背中を曲げて仰け反る。そして、大きく後方に吹き飛ばされていく。

どう見ても、これは――。

「当たったッ！」

とはいえ、安心している暇はない。

〈解毒剤〉を急いで打たないと。だから、〈アイテムボックス〉から〈解毒剤〉が入った注射器を取り出し、自分に打つ。

ふぅ、これでひとまず安心だ。そう思うと、全身から力が抜けて、その場に崩れ落ちる。

そして、そのまま仰向けに地面に転がった。

「ユレン様ッ！」

ふと、使用人が俺のことを心配して駆け寄ってくるのが音でわかった。

見上げた空は快晴だった。

気分は最高だ。

エピローグ

その後、父さんと俺はお互い回復するまで休んだ。

そして、どちらも快調になった頃には、すでに日が落ちていた。

「俺の負けだ……」

書斎で対面に座っていた父さんが言葉を漏らす。

ついでに、俺の後ろに、拘束している暗殺ギルドのリーダーがいる。

俺に負けたせいだろうか。

今の父さんはひどく弱々しく見える。

「お前の言い分を全面的に認める。確かに、俺はお前を拉致するように暗殺ギルドに依頼した」

まさか、父さんのほうから認めてくるとはな。

「今、国は暗殺ギルドと繋《つな》がりのあった貴族を次々と捕らえています。恐らく、父さんも直《じき》に捕まるでしょう」

「あぁ、だろうな」

あっさりと認める。

「ユレン、一つだけ頼みを聞いてくれんか？」

「……聞くだけならいいですけど」

頼みとは一体なんだろうか？　一応、聞くだけ聞いてやろう。

「俺が捕らえられたら、このメルカデル家の威信は地に落ちる」

「それはそうでしょうね」

「お前が、メルカデル家の次期当主となってこの家を立て直してくれないか？」

まさか、俺に当主になってくれ、と頼むとはな。俺を実家から追放した人物の口から出た言葉とはとても思えない。

「この家を継ぐのは、弟のイマノルですよ」

「だ、だがっ、お前が当主になったほうがきっとうまくいくはずだ！」

「それは、イマノルのことを侮りすぎている。俺を追い出したときと、同じ過ちをまたなさるおつもりですか？」

そう言われると、父さんはなにも言い返せなかったようで、言葉を詰まらせていた。

「さて、俺はこの男を衛兵に引き取って貰《もら》う仕事が残っているので、そろそろおいとまさせていただきます」

「ま、待ってくれ！」

俺が立ち上がって帰るそぶりを見せると、父さんがそう言って引き止めた。

「俺が悪かった！」

そこには、頭を下げる父さんがいた。

「この通り謝るから、やはり、お前がこの家を継いでくれ!!」

まさか、ここまでプライドをかなぐり捨てて俺に頭を下げるとは。今朝までの父さんなら考えられない態度に、俺は驚いていた。

「父さん、一つ誤解があるんですよ」

だから、俺は父さんに自分の思いを素直に話すことにした。

「俺は父さんにお礼を言いたかったんです。俺を家から追い出してくれてありがとうとね。だから、この家に戻るつもりは毛ほどもないんですよ」

「ど、どうしてだ……？」

「だって、貴族として縛られるより、冒険者として自由に生きるほうが楽しいんでね」

そう言うと、父さんは愕然《がくぜん》とした表情をして固まっていた。

それを見て、俺は書斎から出て行った。

「兄さん、本当に行ってしまうのかい？」

廊下を出ると、そこには俺のことを待っていたように弟のイマノルがいた。

「まさか、お前まで俺のことを引き止めようとはしないよな」

「少しはその気はあったけど、会話が聞こえてね。だから、止めても無駄なんだろ？」

「そうか、わかっているならいいんだ。この家のことはお前に任せた。だから、精々がんばってくれ」

「言われなくてもそのつもりだ」

「なら、いいんだ」

メルカデル家にとって、これから色々と大変なことが起きるに違いない。

けど、イマノルならきっと乗り越えてくれるだろう。

だから、俺は自分の好きなように生きていこう。

◆

「それで、次の目的地にはなにがあるんだ」

大きな狐《きつね》の姿になったフィーニャをつれて、俺たちは隣町へとむかっていた。

すでに、暗殺ギルドのリーダーを衛兵に引き渡し、父さんのせいでできなかった換金も無事済ませたし、やるべきことは全て終えた。

「ダンジョンがあるんだよ」

「ダンジョンなら、前の町にもあっただろう」

確かに、今までいた町にも新しくできたばかりのダンジョンがあった。

「それと比べものにならないぐらいの大きなダンジョンがあるんだよ」

「ほう、楽しみだのう」

そんな会話をしながら、俺とフィーニャは次の町へと向かうのだった。

Kラノベブックス

レベル1で挑《いど》む縛《しば》りプレイ！

北川《きたがわ》ニキタ

2023年9月28日第1刷発行

発行者	森田浩章
発行所	株式会社 講談社 〒112-8001　東京都文京区音羽2-12-21
電　話	出版　(03)5395-3715 販売　(03)5395-3605 業務　(03)5395-3603
デザイン	寺田鷹樹（GROFAL）
本文データ制作	講談社デジタル製作
印刷所	株式会社ＫＰＳプロダクツ
製本所	株式会社フォーネット社

KODANSHA

ISBN978-4-06-532535-3　N.D.C.913　291p　19cm
定価はカバーに表示してあります

ファンレター、
作品のご感想を
お待ちしています。

あて先
〒112-8001　東京都文京区音羽2-12-21
（株）講談社　ライトノベル出版部 気付
「北川ニキタ先生」係
「刀　彼方先生」係